D/d レスキュー

一条理希

集英社スーパーダッシュ文庫

D/d レスキュー

CONTENTS

イラストレーション／目黒三吉

D/d レスキュー

わたしは諸君に希望する。
諸君の救助を待つ要救助者を救い出せ。
いかに絶望的な状況下であろうとも、諸君の全力をもって救い出せ。
諸君は、救助において卓越《たくえつ》した能力ありと選び抜かれた者ばかりである。
諸君にはその力がある。
まちがいなくある。
特殊救助隊隊員としての自信を持て。
自らの力を信じよ。
要救助者は諸君からさしのべられる手を待っている。
死の恐怖と絶望の中で待っている。
要救助者の断ち切られかけた未来を、明日へつなぐために救い出せ。
必ずや救い出せ。

そして、わたしは諸君に切望する。
救助に向かった諸君が生きて戻ることを。
諸君が、他者の生命や安全と引き替えに命を落とすことは許されない。
決して許されない。

万一の諸君の死は、たすけられた者の心に重荷となって残るだろう。
諸君を愛する者たちの中に悲しみとなって残るだろう。
その痛みを思え。
特殊救助隊隊員である諸君は、そのような痛みを要救助者に、
また諸君を愛する者たちに与えてはならない。
与えることを許されない。

ゆえに、わたしは諸君に切望する。
いかなる状況からも生きて戻ることを。
いかなる状況下からも、すべての要救助者を、そして諸君自身を救い出せ。
これは命令である。
諸君は必ず生きて戻らなければならない。
くりかえすがこれは命令である。
要救助者を救助ののち、必ずや生還せよ。
必ずや生還せよ。

以上だ。

1　ビル崩落事故

退却を決断した隊長の判断は正しい。

取り残された暗闇の中で、牧原《まきはら》は、右手にある要救助者の手を強くにぎった。

「だいじょうぶか？」

問いかければ、弱々しくだが、たしかににぎり返してくる。

闇の中。

大小のコンクリート片が、周囲に落ちているのが、ぼんやりと見える。

牧原は、天井や壁から崩落《ほうらく》した無数のがれきの下敷きになっているのだ。

頭だけは、なんとか出ている牧原はまだましで、要救助者の男は、元天井であった巨大なコンクリート板の下にほぼ全身が埋まり、左手一本が積みあがるがれきのわずかな間から出ているだけだ。

牧原はその手をつかんで離さない。

「がんばれ、もう少しだ」

身じろぎさえできない状態で、牧原は、レスキュー隊員である同僚たちがたすけに来てくれることをただひたすらに願っていた。

◇

本日、午後七時過ぎ。

藤木《ふじき》市の郊外の住宅地に建設中だった十三階建てのマンションの九階部分が、突然、くずれる事故が起きた。

ほぼ建て終わっていたマンションの内部に壁紙を貼る作業を行っていた作業員三人が、落ちてきた天井や、くずれた壁の下敷きとなった。一人は自力で脱出したものの、残る二名が閉じこめられた。

一人の少年が、内装作業中の現場に突然現れ、持っていたバッグを爆発させたという未確認の情報も入っている。

通報を受けて、藤木市消防局のレスキュー隊が出動した。

牧原は、五人チームの一人として、同日午後八時一分、安否《あんぴ》を気づかう関係者とやじうまでごった返している現場に到着し、救助活動を開始した。

作業員二名と、少年一人が生き埋めになっている九階に、救助用の機材をかつぎ、階段で到着した牧原たちは、ヘルメットに装着したヘッドライトの光で、ろうかの真ん中あたりの天井に巨大な穴が開いているのを確認した。

　真下には、巨大なコンクリート板が落ちている。

「おおーい！　どこにいる！」

　大声で問いかけたが、返事はない。

「気をつけて行け」

　同僚の声に、牧原は手をあげて応えると、先頭にたち、がれきの下をのぞきながら移動をはじめた。

　壁のいたる所に亀裂《きれつ》が走っている。

　ビルのきしむ音が壁や床を通してひびく。

　無意識のうちに壁に手をついた。と、その部分がボロボロと細かく砕《くだ》けてくずれた。

「もろくなっているぞ」

　うかつに手を触れられない。

　牧原の位置からでは、コンクリート塊《かい》にさえぎられてはっきりとは見えないが、ろうかのちょうど中央にある柱が折れているようだった。黒い鉄骨が、灰色のコンクリートを突き破っている。

「柱の破損《はそん》で、上階の重みを支えきれなくなっての崩落《ほうらく》か？」

「おそらくな」

牧原の問いに同僚がうなずく。

「爆発があったとも聞いているが……」

「その可能性もあるな」

天井の穴から、十階が見えた。

亀裂の入った壁と天井が、ギシギシといやな音をたてる。壁が細かな破片を落とし続けている。

上階が落ちて、ここが完全に押しつぶされるのは時間の問題だ。

「どこだ！　どこにいる！」

三分の一ほど進んだ時、足元で弱々しい声がした。

「う、うう……、たすけてくれ」

大きなコンクリート塊の下をのぞきこんだ。

下半身をはさまれた三十歳ぐらいのヘルメットをつけた男の顔があった。

「要救助者、一名発見！」

牧原の報告に、他の四人の同僚ががれきを踏み越えて、駆けつけた。

それぞれが肩にかついできた機材の入ったコンテナから、油圧《ゆあつ》ジャッキを取り出して、コンクリート塊を持ちあげにかかる。

「お、俺の……すぐそばに少年がいる……」

うめきながら、男が告げた。

「リュックみたいなものかついで……走りこんできて……粗悪《そあく》な建設はやめろ……とかなんとか……わけのわからないこと叫んで……ば、爆発させやがった……」

「しゃべるな」

体力を消耗《しょうもう》させないために、牧原は男に黙るように言った。

ライトで照らすと、男の足のあたりに、コンクリートのがれきに埋もれる少年の上半身が見えた。

「だいじょうぶか!?」

牧原が呼びかけると、少年がかっと目を見開いた。

「ウイステリア……社への……こ、抗議のため……に、やったんだ……」

それだけを言って、少年の身体《からだ》から力が抜け落ちた。

「おい、しっかりしろ！　しっかり！」

声をかけても反応しない。

「もう一人はどこだ？」

牧原は、ヘルメットの男に問う。

もう一人、作業員がいるはずだった。

「わ、……わからんが、俺より、奥にいた……と思う」

下敷きになる男が絶え絶えの声で告げた。

「ここは任せて、もう一人をさがせ！」

同僚の指示に、牧原は、コンクリートが積みあがる通路をさらに奥へと進んだ。

金属の板を爪でひっかくような音が断続的に続き、全身に鳥肌がたつ。

「どこだ！　どこにいる!?　返事をしろ！」

「う……うう」

かすかなうめき声が聞こえた。

「どこだ!?」

声を頼りにヘッドライトで照らすと、さらに三メートルほど奥に落ちている巨大なコンクリート板の下から、腕が伸びていた。

「要救助者発見！　だいじょうぶか！」

叫んで駆けよると、コンクリートのがれきが動いて、下から赤黒く汚れた青年の顔がのぞいた。

年は牧原と同じぐらいか。先ほどの男とはちがい、ヘルメットをつけていない。額に赤いものがべっとりとついている。

「たす……けて」

「すぐに、たすける！」

男の手を取り、かろうじて見えている首すじにもう一方の手をあて、脈を取る。

（弱い……）

コンクリートの下になって見えないが、額以外にも出血しているのだろう。

レスキュー隊員である牧原が来ただけでは、たすけたことにはならない。くずれつつあるこのビルから救い出さなければ。

「必ずたすけるから」

牧原が力強く言うと、青年は、苦痛の中に安心した表情を浮かべた。

上にのっている巨大なコンクリート塊《かい》に手をかけ、渾身《こんしん》の力をこめたが、持ちあがらない。

「ジャッキをこっちにも！」

「もうすぐ終わる！」

先ほどの男の救出作業に携《たずさ》わっている同僚たちが答えた。

五つのジャッキで、コンクリート塊が持ちあげられ、男がたすけ出されるのが見えた。

「こっちの少年は、だめだ」

少年の方は、腹部に大きなけがを負っていて死亡していた。遺体ががれきの下から回収される。

「今行く！」

同僚の二人が救出した男を階下へと運び、機材をかついでこちらに向けて歩きはじめたその時。

どこかで、爆発音のようなものがした。いや、聞こえたような気がした。

ズシンという衝撃がビルをゆらした。

「うっ⁉」

衝撃に、亀裂《きれつ》の入っていた壁が、反対側から巨大なハンマーで打たれたかのように、こちらに向けて飛び出し、一気にくずれる。

天井にあいた大穴から、さらに上階の破片とおぼしき塊《かたまり》がいくつも落下してくる。

「逃げろ！」

同僚が叫んだ。

《退却だ！》

携帯している無線で隊長の声が叫んでいる。

しかし、牧原は、必死ににぎりしめてくる要救助者の手を離すことができなかった。落ちてくるコンクリートから、要救助者の頭をかばって、覆《おお》いかぶさった。

次の瞬間、頭と肩に強い衝撃を感じて、意識が遠のいた。

◇

《……牧原、牧原！》

呼ぶ声に、意識を取り戻した。

暗い。

無意識に起きあがろうとして、肩に痛みが走り、うめいた。さらには、下半身に押しつけられるような鋭い痛みを感じた。手でさぐると、腰から下がコンクリートの下敷きになっているのがわかった。

足を動かそうとしてもむだだった。身じろぎするたびに、熱いような痛みが、ビリビリと右足から脊髄《せきずい》を通って、全身に伝わる。

「閉じこめられたのか？」

わずかに動く首を巡らせると、鼻先にコンクリートがあるのがわかった。

上も。下も。右も。左にも。

くずれたコンクリートの中に埋まってしまったのだ。

手で触れると、ヘルメットにつけていたヘッドライトが破損《はそん》していた。どうりで暗い。

《牧原、だいじょうぶか!?》

「ここです」

応える自分の声がかすれている。あたりに砂のように細かいコンクリートが舞っている。口の中がざらつく。

《牧原、無事か？》

声は、直接かけられているものではなく、無線機から聞こえてくる隊長のものである。

《けがはないか？》

「足をはさまれていますが、とりあえずはだいじょうぶです」

頭はヘルメットのおかげで無事のようだ。しかし、肩を強く打った。しびれるような痛みが右手にある。

（要救助者は!?）

ふいに気づいて、牧原は痛みをこらえて右手にあるものをにぎった。若い男――要救助者の手はまだそこにあった。

「だいじょうぶか？」

問いかけると弱々しく、にぎり返してくる。

（生きている……たすけなくては。必ずたすけると俺は言ったのだから）

自らが救助を必要とする状態にありながらも、牧原は強く思った。

「要救助者といっしょに閉じこめられました。応援をお願いします」

腰についているはずの無線機に向けて頼む。

《先ほどの崩落《ほうらく》で、中村《なかむら》と太田《おおた》の二人が負傷した。残りの二人で、なんとかおまえが埋まっているあたりのコンクリート塊《かい》を取りのぞこうと試みたんだが、大きすぎて手持ちの機材では無理だった》

無線から、言おうか言うまいかためらっている隊長の声が聞こえてくる。

《牧原……崩落《ほうらく》が続いている。壁や天井、さらに上階もくずれはじめた。ビル内に侵入するのは危険な状態だ。これ以上被害を出すのを防がねばならん。だから……》隊長がことばを詰まらせる。

《一時、退却を指示した。崩落の状態がおちつけば、すぐに救助を再開する。今、本部の方に連絡して重機を運ばせている。近隣のレスキューに応援も要請した。崩落がおちついたら、すぐにそっちへ行く。必ず行くから。それまで持ちこたえてくれ》

「……わかりました」

隊長の判断は正しいと牧原は思う。

たすける術《すべ》もないまま、ここにいれば、他の隊員までも危険にさらすことになる。

（俺は見捨てられたんじゃない……）

その逆だ。

同僚たちは牧原を救助できないことに歯ぎしりしているだろう。それが牧原には痛いほどわかる。

「要救助者も生存しています。できるだけ早くお願いします」

太い弓の弦《つる》を力いっぱい引き絞《しぼ》った時のように、ギリギリと鉄骨のきしむ音が断続的に聞こえてくる。

重機が到着するまで、建物が持つだろうか？

崩落はおちついてくれるだろうか？

コンクリートの壁か、天井か、床なのかはわからないが、ピシピシと亀裂《きれつ》が走る音も聞こえてくる。どこかで何かが小さくくずれる音も聞こえる。

これほどまでに安定を失っている建造物の状態がおちつくのは、落ちるべき部分がすべてくずれ落ちた時だけにちがいない。

牧原の全身が怖気《おぞけ》立つ。

「いやーっ！　たすけて、お願い！　だれかたすけてーっ！」

ビルの下から、怒号や、ざわめきにまぎれて、泣き叫ぶ声が届いた。

その声に、要救助者の手が、ぴくりと動いた。

「……知り合いか？」

牧原の問いに、手がにぎりしめられる。

この男の恋人だろうか？　家族かもしれない。

「がんばれ。すぐに応援が来る」

牧原は、要救助者の手を優しくたたいて励ました。

（おそらく間に合わない……）

あと何分、この建物は持ちこたえてくれるのだろう？

それまでが、牧原と要救助者に残された時間だ。

ぴしっと足の方で大きな音がした。

全身がこわばる。

続いて、何か重いものが、ドーンと下に落ちた音が聞こえた。

「うわっ」

「あぶない、さがって、さがって」

下から、悲鳴があがってくる。

さらには、牧原の身体《からだ》にのるコンクリート塊《かい》に、小さな破片なのだろう、いくつものつぶてが、かつん、かつんとあたる感触が伝わってくる。

《牧原、だいじょうぶか？》

《なんとか、なんとか、がんばってくれ》

聞こえてくる隊長や同僚の声には、焦《あせ》りといらだちと、そして、こらえきれない何かの感情が混じっている。

おそらく、皆は、状況が絶望的であることを知っている。

(くそっ、くそっ！)

自分は死ぬ。

(絶対に死なないと誓《ちか》ったのに、くそっ！　俺は死ぬのか!?)

悔しさにか、悲しさにか、全身が痛む。

牧原には、過去に同僚を失った経験がある。

その時、決して殉死《じゅんし》だけはするまいと心に誓ったのだ。

一年ほど前のことだった。

木造アパートの火災で、二階にすむ女性が逃げ遅れていることを知り、牧原と同僚が火の中に飛びこんだ。直後、梁《はり》が燃え落ちて、屋根が落下した。

牧原は、間一髪《かんいっぱつ》で屋根の落下から逃れることができたが、同僚は炎の中に消えた。

同僚が炎に呑《の》まれた時、一番そばにいたのは牧原だった。

だが、隊長から退却命令が出た。たすけに行ってはならないと。

牧原は行きたかった。が、牧原がもし無茶をして動けなくなければ、さらにたすけるためにだれかが危険にあうこともわかっていた。だから、涙を呑んだ。

結局、同僚は、鎮火《ちんか》した建物の中で、要救助者であった女性を腕の中にかばう姿勢で、殉死していたのが発見された。

(たすけられなかった)

その想いが牧原を苛《さいな》んだ。許しを乞《こ》いたくても同僚はすでにこの世にいない。

あんな想いはもう二度と味わいたくないし、だれにもさせたくないと思った。だから、決して殉死《じゅんし》だけはするまいと心に決めたのだ。

それなのに。

要救助者の手が、牧原にすがってきた。

(……ちくしょう)

涙がこぼれた。

要救助者にとって、つないでいる牧原の手だけが生還《せいかん》への望みなのに。たすけてくれとすがっているのに。

ゴゴンと巨大な何かが、ずれるような音がした。

ピシッ、バシンとコンクリートにひびが入り、割れ、くずれる無数の音が牧原の周囲で一斉に聞こえた。

(だめだ、くずれる！　死ぬ！　必ずたすけると言ったのに！)

「くそーっ！」

牧原は絶叫した。

と、その時。

「だいじょうぶですか？」

突然、頭上で少年の声がした。

「この下に二人いるわ。状態は情報と合致《がっち》してる」

今度は、女の声だ。

「ここから入れられるな」

男の声まで聞こえる。

（幻聴《げんちょう》か？）

同僚は全員退却した。だれもいるはずがない。

と、目の前に光がともった。螢《ほたる》のように小さな、しかし、強い光だ。

まぶしさに牧原は目を細めた。

先端にライトのついたワイヤーが、牧原に向かって進んでくる。

それは、積みあがるコンクリートのすきまを通ってきたファイバースコープだったのだが、混乱している牧原は気づくことができない。

《内部確認》

いままでコンクリートを通していたためくぐもって聞こえていた男の声が、急に明瞭《めいりよう》になった。ファイバースコープにつけられている小型スピーカーから聞こえるからだとは、やはり気づいていない。

《つないでいる手は要救助者のものか？》

ライトが、要救助者とつながれた牧原の右手を照らしている。

「……そ、そうだ」

混乱したまま牧原が答えた。

「だめね。コンクリート板の厚さが十センチはあるわ。相当な重さだから、ＯＪを使って持ちあげるとなると、支点にした部分が破損《はそん》する可能性大ね」

「ＭＪＮ—０００２の耐久時間は、概算《がいさん》で十五分だと開発課の連中からのデータが来てる。すでに二分経過、急げ」

「わかった、わたしがやるわ。計算とセットしている間に、下の二人に説明して。お願い」

「わかりました」

コンクリートを通して、くぐもった会話が聞こえてくる。

（なんのことだ？）

その時、ようやく気づいたのだが、一時は崩壊《ほうかい》間近と思われたほどにひびいていたビルのきしむ音や、亀裂《きれつ》の走る音がほとんど聞こえなくなっている。

（もしかして、崩落《ほうらく》がおちついたのか？　それで、救助に来てくれたのか⁉）

近隣の消防局からの応援が到着したのかもしれない。

「救助を再開したのか⁉」

期待をこめて無線に叫んだが応答がない。ざらざらと耳障りなノイズが聞こえるだけだ。

《無線は、すみません。通じないようにさせてもらってます》

少年の声が言う。

「通じない……ように？」

強い不安に襲われる。

「なぜ、そんなことをする？　あんたらはどこの隊だ？」

《あなた方の上に巨大なコンクリート塊《かい》がのっていて、持ちあげることができません。これから爆破します》

牧原の問いに答えないまま、少年が告げた。

「……爆破!?　何言ってるんだ？　爆破なんてしたら……」

下にいる牧原たちも、ただではすまない。

それどころか、亀裂だらけのこのビルが衝撃で崩壊する可能性大だ。

《だいじょうぶです。信頼してください》

「何を信じろと……」

正気の沙汰《さた》とは思えない。

と、平たいワイヤーが伸びてきて、牧原の足とがれきとの、わずかなすきまに入りこんでいく。

「な、なんだ!?」
《エアバッグ、のようなものと思ってください》
さらに、牧原の頭上にあるすきまから、もう一本が伸びて、今度は、要救助者の方に向かった。
《あなた方の身体《からだ》とコンクリート塊《かい》の間に、今、さしこんだこれが、爆発と同時にふくらんで、衝撃が伝わらないように緩衝《かんしょう》します。多少のショックはありますが、だいじょうぶです》
(爆発の衝撃を緩衝? 何言ってるんだ? これは幻覚か?)
牧原の身体の上にのっているコンクリートを爆発させるとか、衝撃はほとんどないとか、わけのわからない話ばかりだ。
(俺、もしかして、もう死んでるのか?)
しかし、はさまれている足はずきずきと痛んでいる。
《鼓膜《こまく》保護のためです》
さらに一本ワイヤーが入って来るなり、先端がパフッと音をたててハンバーガーほどの大きさにふくらんだ。それが二つ、牧原の両耳を覆《おお》う。
《やるわよ、さがって!》
《五、四……》
耳を覆う何かから女の声が聞こえた。

《多少の衝撃があります、準備してください》

少年の声に、身を硬くした。

(これは現実か？　現実ならどうなるんだ？　死ぬのか？　それとも俺はもう死んでるのか？　それともこれから死ぬのか？)

《一、ゼロ！》

破裂音がひびいて、次の瞬間、ズン、と全身が床に強く押しつけられるような衝撃に襲われた。

「がはっ」

胸を押され、息をすべて吐いてしまう。呼吸ができない。

が、数拍の後、全身にかかっていた強い圧迫感が消え、浮きあがるような感覚に見舞われる。

「……う」

(生きてるのか？)

自分が呼吸していることと心臓が動いていることを、胸に手をあてて確認した。

そして、おそるおそる目を開けた。

足はあいかわらず痛んでいたが、さきほどまで重くのしかかっていたコンクリートの重圧がなくなっている。

「だいじょうぶですか？」

声がして、牧原の身体が抱え起こされた。

「腰部にけがをしているが、こちらも生存」

男の声がして、黒いシルエットが牧原と手をつないだままの男の身体《からだ》を抱えあげる。

シルエットの人物のとなりにいたもう一人の人物——どうやら体型からすると女性のようだった——が、つながれていた牧原の手を優しくほどいた。

牧原たちの身体にのっていたコンクリート塊《かい》が消えている。

この場所を中心にして半径一・五メートルの床には、がれきがまったく見あたらない。

だが、その周囲には、拳ほどの大きさに砕《くだ》けたものが数十センチにも積みあがっている。

爆破でやったのだとしたら、尋常《じんじょう》でない技術が使われたはずである。

「だれだ？」

牧原は目を凝《こ》らした。

影が三つ。彼らの後ろに強い光源があるせいで、影にしか見えない。

「あれは？」

まぶしい光を反射して、折れかかっていた柱に「ＭＪＮ—０００２」と書かれたシルバーグレイの補強材のようなものが巻かれているのが見えた。

牧原のそばにある柱だけでなく、そのとなりも、そのとなりのとなりの柱にも。そして、その間の壁や天井にも。

「あれで補強しているのか……？」

折れかけていた柱のきしみが聞こえない。

これは、応急的に補強されたからではないのかと、ようやく思いついた。だが、牧原は、そんな補強材の存在を知らなかったし、見たこともなかった。

「あんたたちは？」

まぶしさに慣れはじめた目を向け、かたわらに立つ男のシルエットに問う。

「悪いが、俺たちのことはなかったことにしてくれ」

ふいに男の手が伸びて、何かがスプレーされた。

甘いにおいの中で、牧原の意識は飛んだ。

2　水城財閥私設特殊救助隊

とある大財閥《だいざいばつ》が、その潤沢《じゅんたく》な資金と傘下《さんか》企業の技術力を用い、かつ優秀な人材を集めて私設の救助隊を編制している。

という、うわさを聞いたことはないだろうか？

最新技術による開発資材を惜しむことなく使い、公的機関よりもはるかに自由な活動が可能であるがゆえ、難しい状況においても高い救助率を誇る。

だが、あまりに優秀なために、公的機関のメンツをつぶすものとして、その存在を公《おおやけ》にすることが許されず、あくまで影に徹して活動している救助隊。

隊を構成する隊員たちは、財閥総帥《そうすい》である私設特殊救助隊のオーナーの下《もと》、一人の指揮官によって統括《とうかつ》される各分野のエキスパートたちであり、いままでに多くの人々を救ってきたにもかかわらず、だれもその素性《すじょう》を知らない。

そんなうわさを聞いたことはないだろうか？

◇

「ＭＪＮ―０００２の耐久時間が、四分を切ったわ。早くその人たちを運び出して撤収《てっしゅう》しましょ」

要救助者の男とつないでいた牧原《まきはら》の手をほどいた若い女性が、告げた。

彼女の名は海藤美紀《かいどうみき》。

水城《みずき》財閥が編制する私設特殊救助隊隊員の一人である。

作業用光源として設置されたライトを背にして黒く浮きあがるボディラインの曲線が、ライトよりはるかにまぶしい。

「ふう」

美紀は、ため息をつきながら、作戦のためにアップにしていた長い髪をおろした。艶《なま》めかしい白いうなじが隠れて、つやのある髪が白い胸で撥《は》ねる。

パーツのしっかりした目鼻が、絶妙の配置で並んでいる。美人につきもののどこか冷たい印象がないのは、表情がやわらかく暖かみを感じさせるからだろう。男性ならずとも見とれ、好感を抱かずにはいられないタイプの美貌《びぼう》の持ち主である。

モデル並みの姿態を持つ彼女は、実際、人気絶頂のモデルである。

だが、彼女自身は、本業が救助隊隊員でモデルはアルバイト、と考えているらしい。とはいえ、業界トップの人気と収入があったりする。

牧原たちの上にのったコンクリート板を吹っ飛ばしたのが、このトップモデルの美紀である。

使用したのは、水城財閥《ざいばつ》私設特殊救助隊開発部が、最近、開発したばかりの特殊指向性爆弾のMC4'だ。

セレクトした方向と設定した深度にのみ、爆発による破壊力を集中させることが可能である。

それを用いて的確にコンクリートだけを破壊し、下敷きになる人間に威力が及ばないよう調節して爆発させたのだ。もちろん、事前に要救助者とコンクリートの間に衝撃を吸収するための緩衝材《かんしょうざい》を用いもしたが。

しかし、下にいる人間を傷つけずに破壊するためには、爆発力が及ぶ方向と深度を厳密に見定める並ではない技術とセンスが要求される。

この美女、海藤美紀は、水城財閥私設特殊救助隊における爆発物処理、および作製についてのエキスパートであり、その技術レベルは最高クラスのＡＡＡ《スリーエー》にランクづけされる人物なのである。

「そーそー、この連中つれて、とっとと撤収《てっしゅう》しよーぜ」

薬剤をかがせてレスキュー隊員——牧原の気を失わせた男が、力が抜けてぐにゃりとした身体を背に負った。

この男は神野《じんの》真《しん》。

建造物侵入の技術を買われて水城財閥私設特殊救助隊にいる。

本業は泥棒《どろぼう》。ただし、これは、現在、わけあって休業中。

なので職業は、昨日までコンビニの深夜勤店員だったのだが、仕事時間中の居眠りがバレて、

「あ、きみ、明日から来なくていいよ」とあっさりクビを言いわたされたため、今日から無職。

「賞味期限の切れた弁当を、こっそりもらえなくなることが一番ツライ」となげく貧乏人。

救助隊の仕事は「なんとなくやってる」のだそうだが、おそらく本気のことばではない。

今回、報道を装《よそお》った水城財閥のヘリで屋上におり、崩壊《ほうかい》の危険性のある建物内で九階の現場まで、経路を確保したのが神野だ。

水城財閥での評価は、建造物侵入レベルがＡＡＡ、また白兵戦《はくへいせん》における戦闘能力もこれまたＡＡＡにランクされている。

飄々《ひょうひょう》とした風貌《ふうぼう》同様、性格も軽そうに見えるのは、演技なのか地なのか、わからない。

「だって、な、俺たちシャワー浴びて、これからって時に出動要請だったんだぜ。な、美紀、

早く帰って続き……ギャッ」

言いながら片腕で後ろから美紀の身体《からだ》を抱きすくめた神野が、足をしたたかに踏まれてとびあがった。

「バカ！」

怒鳴る美紀の顔が赤い。

美紀と神野では、美女とヘラヘラ男、高額所得者と貧乏人で、一見、どころか、全然まったくつりあいがとれないように見える。が、実は相思《そうし》相愛《そうあい》の恋人同士で、半分いっしょに暮らしている間柄《あいだがら》である。

人気モデルの美紀とプーの神野の仲が世間に知れれば、けっこうなスキャンダルになりそうだが、そのへんはうまく隠しているらしい。週刊誌やワイドショーのネタにはまだされていない。

「応急手当終了です」

腰に大きなけがを負って意識を失っている青年への応急手当を終えると、携帯してきたコンパクトタイプのバックパック型のけが人搬送《はんそう》用のキャリーを組み立ててそれにのせ、背に負った少年が告げた。

やわらかそうな栗色がかった髪と、同じ色の目をした、少し小柄な少年である。

一見、十七歳にしては少し幼い感じがするが、そこが魅力というか、街を歩けば、「ね、き

み芸能界とか興味ない？」と、必ずスカウトのかかる容姿なのである。

笑顔がむちゃくちゃかわいい、というのが、彼を知る女性たちの一致した見解だが、けがを負った青年に手当を施《ほどこ》した時の横顔は真剣で、年齢以上の精悍《せいかん》さを見せていた。

彼の名は鷹森恭平《たかもりきょうへい》。

藤木市内にある私立清陵《せいりょう》学園高等部三年生。現役《げんえき》の高校生である。

水城財閥《ざいばつ》私設特殊救助隊の隊員の中では最年少。

しかし、その救助に関しての能力は非常に高く、いくつもの修羅場《しゅらば》や死地をくぐり抜けてきた。

救助および生還に関しての能力、ＡＡＡ《スリーエー》。

それ以上に未知の可能性を秘めているというのが、恭平に与えられた評価である。その能力は、水城財閥私設特殊救助隊の基準をもってしても、はかることができないのだ。

「かーっ、この柱もあっちもボロボロ。こんなにくずれるなんて、こりゃ、ひでえ手抜き工事だな。材料費、ケチってんのかね」

意識のない牧原を背負って歩きはじめた神野が、パラパラとくずれ落ちてくる壁を手のひらに受けて顔をしかめた。

「手抜き工事？　それはちがうと思うわ。少なくともこの中央部の柱の破損は、爆薬によるものよ」

ＭＪＮ―０００２と呼ばれているシルバーグレイの簡易補強材で覆《おお》われていない部分を人差し指でなぞって美紀が言う。

ここに恭平たちが来る以前、正規の藤木市レスキュー隊にたすけられた作業員もそう言っていた。

「ＴＮＴですね」

背後から、美紀の手元をのぞきこんだ恭平が、使われた火薬の種類を言い当てた。美紀の指が黒く汚れている。

破壊力とその範囲、使用後に漂う独特の臭い。爆発にあった柱に残る痕跡《こんせき》。それらから推理することは充分に可能だ。

恭平は、爆発物エキスパートである美紀直々《じきじき》に手ほどきを受けている。爆発物に関して美紀の次に優秀な隊員であるのだ。

「あと三分だ」

神野が急げと、美紀、恭平に指示する。

破損《はそん》し、崩壊《ほうかい》寸前の柱や壁につけられているＭＪＮ―０００２は、水城財閥《ざいばつ》私設特殊救助隊の開発部がつい最近開発したばかりの簡易補強材である。

やや厚めのビニールシートのようなそれを対象物の形に合わせて固定した後、つけられている特殊シールをはぐと、一瞬にして凝固《ぎょうこ》して三十ミリの鉄板と同じ強度を持つようになる。

が、凝固《ぎょうこ》スピードを高めた分、劣化もきわめて速く、約十五分しかその効力を発揮《はっき》しない。すでに、このビルの破損《はそん》しかけた柱や壁に取りつけたそれらは、限界に達しようとしている。

ビルのそこかしこから、一時は止まっていた亀裂《きれつ》の走る音が、ふたたび聞こえはじめている。

「美紀、何してんだ？」

神野が問いかけた。

破損《はそん》した柱のコンクリートを手袋をした指でつまみ、透明なケースに詰めている美紀を見て

「指令がね、破損した柱のサンプルを持ってこいって」

「指令？　だれだ、それ？　あいつが自分で言えって言ってんのか？　趣味わりー」

けっ、と吐き捨てるように神野がいった瞬間、

《きみたちを指揮《しき》する立場にあるのだから、敬意を示して指令と呼ぶのが当然だろ？》

神野や美紀、そして恭平の眼前に、一人の男が、突然、現れた。

黒のスーツに黒のタイをつけた細身の男だ。年齢は神野と同じか少し若いぐらいか。華奢《きゃしゃ》な感じがするが、あごの細い白い顔にのる切れ長の目は鋭く、口元には人をバカにしたような笑みが浮かんでいる。

左耳にだけピアスが二つ。目の前で組む左手の親指をのぞく細い四本の指に、ふといシルバ

ーの指輪がはめられている。

この男は、水城財閥《ざいばつ》私設特殊救助隊指揮官にして水城財閥総帥《そうすい》第一秘書でもある綺堂黎《きどうれい》だ。隊員各員が右耳殻《じかく》に沿って装着している小型通信機から眼前に投影されているホログラフィである。

本人は、藤木市中心部にある、水城財閥本部ビルの最上階、百三十階の総帥付き第一秘書執務室、兼、私設特殊救助隊指揮本部にいる。

「そういえば、ここのところ、建築中のビルや建物の倒壊《とうかい》が多いような気がしませんか？」

恭平が、美紀や神野に問いかけた。

この数ヶ月間、この藤木市では建築中のビルが倒壊する事故が、三件ほど続いている。この現場は四件目に当たるのだ。

「つまりは、どれも爆破によるものだってことか？」

「たぶんね」

《それは私が考えることだ。きみたちの稚拙《ちせつ》な推理は、『休むに似たり』で、まったく必要がない》

黎が会話を断ち切る形で割って入り、さらには、嘲笑《ちようしよう》を漏《も》らした。

《サンプルを回収したら、撤収《てつしゆう》しろ。それで作戦は終了だ。よけいな推測はきみたちの仕事ではない》

自分たちを駒《こま》のように扱おうとする黎に、神野がいまいましげに舌打ちをする。

「どのみち、警察が現場検証に入れば気がつくでしょう」美紀が神野の腕をたたいた。

「あとは警察の仕事。私たちはここまで。完全にくずれないうちに、出ましょう」

神野の背で牧原がうめいた。

神野の使ったスプレー薬剤の効果はきわめて短時間——三、四分程度で、その後、影響を残さない。

恭平や神野たちの姿を見られるのは、好ましいことではない。

三人の私設特殊救助隊隊員たちは、二人の人間の救出を終え、崩壊《ほうかい》しかけたビルを後にした。

◇

《牧原！　牧原っ！》
呼ぶ声に、牧原は意識を取り戻した。
《牧原！》
《応えてくれ、頼む、牧原！》
隊長が、同僚が、必死に呼ぶ声が無線からひびく。

うめきながら身体《からだ》を起こした。

「ここは？」

ふらつく頭を振って立ちあがったとたん、ズキンと右足に痛みを感じた。視線を落とせば血のにじむひざに包帯が巻かれている。

「ここは……外か？」

牧原は、いつの間にか、崩壊しかけていたビルの外に出て、となりの建物との狭いアスファルトの小路にいたのだ。

足元に、頭から血を流し、コンクリートの細かな破片に白くまみれる要救助者がいた。

「だいじょうぶか？　おい!?」

問いかけると、かすかにうなずいた。

牧原は、要救助者を肩に負うと、投光器のものと思われる明るい光が漏《も》れてくる大通りに向けて歩き出した。

「牧原！」

狭い小路から大通りに足を踏み出したとたん、ふらふらと歩く牧原の姿をみつけた同僚が叫んで走りよってくる。

「牧原！　無事だったか！」

牧原の肩から、けがをした青年を抱き取り、もう一人の同僚が牧原に肩を貸してくれた。

「あぶない！　牧原！　早く！」

「落ちるぞ！」

背後で、ビルが大きくきしんだ。

同僚たちが牧原と青年の身体《からだ》を抱きかかえ、路上に停車していた消防車の陰へと引き入れた直後。

背後で、巨大な鉄骨とコンクリートがいくつもいくつも地面に落ちる重い音が聞こえた。

もうもうと灰白色のほこりが舞いあがる。

数分ほどしてそれがおさまったところ、月のない夜空を背景にして十三階建てのビルの九階から上が跡形《あとかた》もなくくずれ去っているのが見えた。

「牧原！」

「よかった！」

「どうやってあそこから抜け出してきた！」

同僚たちが、牧原の肩をたたき、手をにぎって涙する。

「途中で無線が通じなくなった時、おまえはもうダメだと思った」

「このやろう、心配かけやがって」

「すげえな牧原。どうやってあそこから出てきたんだ？」

仲間に囲まれた牧原のかたわらで、腰に大けがを負った青年が、あの時、階下からたすけてと叫んでいた恋人だろうか、若い女性に付き添われて救急車へと運ばれてゆく。

「どうやって、出てきたか……、それが、覚えてないんです、っていうか、俺、たすけられて……」

「たすけられた？　俺たちは……行けなかった……。すまん」

「でも、たしかに、だれだったのかは俺にもわからないんですが……たすけられたんです」

牧原は、何かを嗅《か》がされて意識を失うまでのことを、かいつまんで話した。

「もしかして、出たのか……」

隊長がつぶやいた。

「そうかも、出たのかも……」

「……出たのか」

隊長や同僚たちが顔を見合わせている。

「何が出たんです？　幽霊みたいな言い方しないでください」

牧原には何がなんだかわからない。

「幽霊か」隊長が困ったような笑いを浮かべた。

「そうか、おまえは、藤木市に転属になってから、比較的日が浅いから知らないのか。いるらしいんだよ、そういう連中が」

「そういう連中？」

「うわさがあるんだ。そういう連中がいると。だが、見ても会っても、そいつらのことはあくまでうわさで、他言無用《たごんむよう》。俺も実はたすけられたことがあるんだが、それは極限状態で見た幻覚ということになってる。上からの圧力があってな、うわさか幻覚か夢を見たことにしておかなきゃならんのだ。だから、おまえも要救助者を救助の後、自力で脱出した、ということになる。ま、そのうち、おまえもわかる」

「なんなんすか、それ？　どうしてそういうことになるんすか？」

「そのうちわかる。あとでゆっくり説明してやるから、な」

隊長も、他の隊員も苦笑いを浮かべるだけで、それ以上のことを、牧原に教えようとはしなかった。

◇

小路に横たわらせた二人の男のうち、レスキュー隊員の方が意識を取り戻してふらふらと立ちあがるのが、恭平たちのいる裏通りから見えた。

公的機関の正規のレスキュー隊である彼の仲間たちは表通りに詰めている。そこまでは、わずかに数メートルの位置だ。

存在を公《おおやけ》にできない水城財閥《ざいばつ》私設特殊救助隊の恭平たちが、姿を現すわけにはいかず、あんな場所に放置しなければならなかったが、もうだいじょうぶだろう。

水城財閥から派遣《はけん》された隊員回収用のワゴン車が、ビルの裏道で停止した。あとは、それに乗って帰るだけである。

「これで終わり、さ、美紀、帰って続きを……はうっ」

美紀の腰に手をまわした神野が、脇腹にひじを打ちこまれてうめいた。

「恭平！」

と、裏道に出た恭平を、背後から呼ぶ声がした。

「七瀬《ななせ》！」

振り返った恭平が、そこにいる人物を認めて目を見開いた。

ちかちかとついたり消えたりしている街灯の下に、息をはずませている少女が一人いた。

肩までの黒くまっすぐな髪が揺れている。夜を映す深い湖のように、何もかもを、どこまでも吸いこんでしまいそうな瞳がじっと恭平をみつめていた。

「おまえらいっしょに住んでるんだって？」ワゴンのステップに足をかけた神野が振り向いた。

「俺や美紀とちがって、キミたちはまだ高校生なんだから、そういうことは自粛《じしゅく》して……あたた」

「あなたは、こっちに来てなさい」

「痛い、美紀、いててて……」

美紀に耳をつかまれて、神野がワゴンの中に引きずりこまれた。

神野が口にした通り、恭平は事情があって半年前から七瀬紗湖《さこ》の家に同居している。

「どうして、ここにいると？」

わかったのかとの恭平の問いかけに、紗湖が駆けより、怒ったようなそれでいて泣き出しそうな顔で見た。

「わかんないわけないじゃない！　恭平が何も言わなくったってわかるんだから！　恭平がうちにいないのに気づいて、ニュースでここの倒壊《とうかい》事故のことやってたから……ここにいるって……」

紗湖は、恭平が極秘の水城財閥《ざいばつ》私設特殊救助隊隊員であることを知っている。

夕食後、恭平がこっそりと出かけたことから、出動要請があったことに気づいて、ここに駆けつけたらしかった。最寄りの駅までは電車で、その後は走ってきたらしい。

「恭平、どうして黙って、あたしをおいていくの？」

紗湖が、恭平のシャツの胸をつかんだ。

「なんで、あたしには出動要請がないの！　ここのところずっとじゃない。恭平ばっかりで……」

「七瀬……」

「あたし、認めてない。あたし、やめてない」

胸にしがみついてくる紗湖に、何も言えないまま、恭平は立ちつくしていた。

◇

以前、七瀬紗湖は、恭平と同じく水城財閥私設特殊救助隊の隊員だった。だが、今はそうではない。

「七瀬紗湖くんが、なぜ水城財閥私設特殊救助隊にスカウトされたのか知ってるか？」

五ヶ月ほど前、水城財閥本部ビルの最上階、私設特殊救助隊本部でもある黎《れい》の執務室に呼び出されて、恭平はそう問われた。

無機質なデスクとチェアのまわりには書類が散在し、書架《しょか》には所狭しとファイルや書籍が押しこまれている。

また、壁の中には数十台からなるコンピュータシステムが埋めこまれている。この部屋自体がコンピュータの内部のようなものなのだ。床や書架にいくつかのコンピュータ端末が無造作《むぞうさ》に置かれている。

その散らかった部屋の中央部で黎はいすに足を組んで座り、ドアを入ってすぐのところに立たされたままの恭平に見下すかのような口調で問いかけている。

この部屋には来客用のソファなどはない。黎以外の人物が入ることなど想定されていないからだ。

その部屋に、恭平はただ一人、呼び出された。

「七瀬紗湖は、きみ、鷹森恭平の救助能力を引き出すためのファクターとして、前指揮官《ぜんしきかん》によって利用されただけだ。救助に関しての能力が高くて隊員になったわけではない」

黎のいう意味はこうだ。

恭平の能力は、紗湖とともにいる時より強く発揮《はつき》される、とのデータがあったらしい。紗湖を守る際に、特に恭平は強い力を発揮すると。

恭平のさらなる潜在的な力を引き出すために、ただそれだけのために、救助に関する能力のあまりない紗湖が隊員に選ばれ、恭平のそばに配置されたというのだ。

「私の考え方は前指揮官とはちがう。能力のない者を隊に置くなどという、むだなことはしたくない」

黎の前指揮官である暮崎《くれさき》は、ある事情によって今は水城財閥《ざいばつ》を離れている。

「が、これはきみ次第だ」黎は、口元にいやみな笑いを浮かべた。

「きみが七瀬紗湖とともに救助隊に参加したいと考えるなら、役立たずだが彼女が隊員であり続けることを許そう。

危険な場所では、足手まといになるだろうし、下手《へた》をすれば命を落とすことにもなるだろう。が、きみが守りきれると言うのなら、隊員として認めてやらないこともない。

その前に、きみ自身の意志を確認させてもらわなければならないな。

鷹森恭平、きみは水城財閥《ざいばつ》私設特殊救助隊隊員として今後も活動していく気はあるか？」

この質問を浴びせられた時よりさらに一ヶ月前、今からは半年前のことになる。

昨年の十月、恭平たちの住む藤木市は巨大な地震に見舞われた。

その際、恭平はただ一人の肉親である祖母を失い、知人を失い、そして恭平自身が、何度も危険にあい、死の寸前にまで追いこまれもした。

それ以前にも、恭平が水城財閥私設特殊救助隊隊員であったため、友人である宇佐見《うさみ》と教師が殺されてしまうという事件もあった。

それでも、なお、救助隊に参加する意志はあるかと黎は問いかけている。

「やらせてください」

恭平は、はっきりとそう答えた。

恭平は、自らの存在意義は救助にあると感じはじめていたからだ。

「だけど七瀬は……」恭平は、うつむき、口ごもった後、顔をあげてきっぱりと言った。

「除隊させてください」

「そう言うだろうと思ったよ」

黎は、意地の悪い、人の心を見透かしてバカにするかのような笑いを恭平に投げつけたのだった。

◇

だから、かつて隊員であった紗湖に、今は出動要請はない。

恭平が、紗湖を危険にあわせたいはずがなかった。

紗湖は、水城財閥《ざいばつ》私設特殊救助隊隊員の証《あかし》でもある通信機を返却するよう求められたが、承諾《しょうだく》しなかった。

「あたし、やめてない！　やめるなんて言ってない！」

だが、紗湖の持つ通信機が、出動要請のコールを告げることはない。

紗湖は、恭平の希望によって除隊させられたことを知らない。指揮官《しきかん》である黎が、一方的にやったことだと信じている。

だから、恭平に出動要請があるたび、ついて来ようとする。恭平は、感づかれないよう抜け出そうとするのだが、紗湖は敏感に感じ取って恭平を追ってくる。

「あたしも恭平といっしょにいたい！」

(恭平が危険なところに行くなら、あたしもそばにいたい。恭平だけが、危険にあうのはいやなんだから……）

紗湖はそう考えている。

だが。

「おれは……七瀬に来てほしくないんだ」

恭平がうつむいたままいった。

「どうして!?　あたしがいるとじゃまなの？　あたしといるのがいやなの？」

紗湖が、つかんでいる恭平のシャツの胸元から見あげている。

「そうじゃないよ！　おれは……おれは……七瀬を危険にあわせたくないから」

「え？」

「七瀬を危険にあわせたくない。おれは、七瀬が、紗湖が好きだから。おまえが好きだから……」

恭平が耳まで真っ赤になった。

恭平と七瀬紗湖は、家が近かったこともあって、幼いころ、物心がついたころにはすでに見知った仲だった。以来、十数年、同じ幼稚園に通い、小学校も中学もそして高校もいっしょに過ごしている。いわゆる幼なじみというやつだ。

恭平は、何年か前から、紗湖に対して友情とは違う種類の好意を持っていることを自覚していたし、それをさりげなく態度に表したこともある。紗湖も気づいていると思っている。

だが、ちゃんとことばにしたのはこれが初めてだった。

「熱いねえ。そのままチューと、いててて」

「あなたは、こっちにいなさい」

ワゴンの窓から顔だけ出して茶化《ちゃか》した神野が、また、美紀に耳をひっぱられた。神野の顔が引っこんだ後の窓が、美紀によってピシャッと閉められる。

「恭平……」

紗湖の大きな目が、うるん、とした。

そして、泣き出しそうな声で、だが、強く言った。

「でも、あたしだって、恭平が危険にあうのはがまんできない。あたしも恭平のこと……だから、いや！　いっしょにいたい！」

（いままでずっといっしょにいたから……。ううん、それだけじゃなくて、これからもずっとずっといっしょにいたいから……）

「七瀬……。でも、おれは……」

恭平はことばに詰まった。

恭平は、救助に参加したい、いや参加しなければならないと考えている。

「でも、おれは……。わがままなこと言ってると思う。でも、おれは七瀬には来てほしくないんだ」

「恭平……」

恭平のまっすぐな目に、紗湖は決意の固さを知った。それは紗湖を想ってくれてのことであることも。

(恭平は、絶対、あたしが救助に参加することを許してくれない……。絶対に。絶対に)

うれしさと悲しさが混ざりあった感情で、紗湖の全身が切なく痛んだ時。

「あぶない」

「あぶねえ！」

ワゴンの中から走りだしてきた美紀と神野の叫びとともに、背後で、ズンという重い音がひびいた。

背後、十三階建てのマンションがくずれはじめた。補強していたMJN―0002の耐久限界が来たのだ。

巨大な鉄骨が落下する。

いくつものコンクリート片が、ビルの間際にいた恭平と紗湖の周囲に降りそそぐ。

「七瀬！」

恭平が、紗湖の手を引き、腕の中にかばおうとした瞬間。

拳大《こぶしだい》のコンクリート片が、紗湖の頭にぶつかった。

「七瀬！　七瀬！」

恭平が、紗湖の身体《からだ》を抱きしめて絶叫する。

しかし、紗湖は目を開かなかった。

◇

「恭平……。なんで、あたしこんなところにいるの？　ここ、どこ？」

ベッドの上で目を開いた紗湖は、心配そうにのぞきこんでいる恭平に向けて、そう問いかけた。

ここは、水城財閥《ざいばつ》が所有している病院の特別室だ。

活動と存在を公《おおやけ》にはできない私設特殊救助隊隊員が、不慮《ふりょ》のけがを負った時などにのみ、特別に使われる。

他の部分は普通の総合病院なのだが、この特別室は、外部から見たのではわからない地下の隠し部屋になっている。病室に付随《ふずい》して治療室と専用の手術室も作られている。

夜、普通病棟に入院していてトイレに起きた患者が、たまたま、地下に迷いこみ、そこにあるはずのない病室があることや医師や看護婦がいるの見て、あわてて自分の病室に駆け戻った。翌朝、おそるおそる行ってみたが、地下の階はどこにも見あたらず、結局、あれは幽霊だったのかもしれないとのうわさがたった、などということもあった。

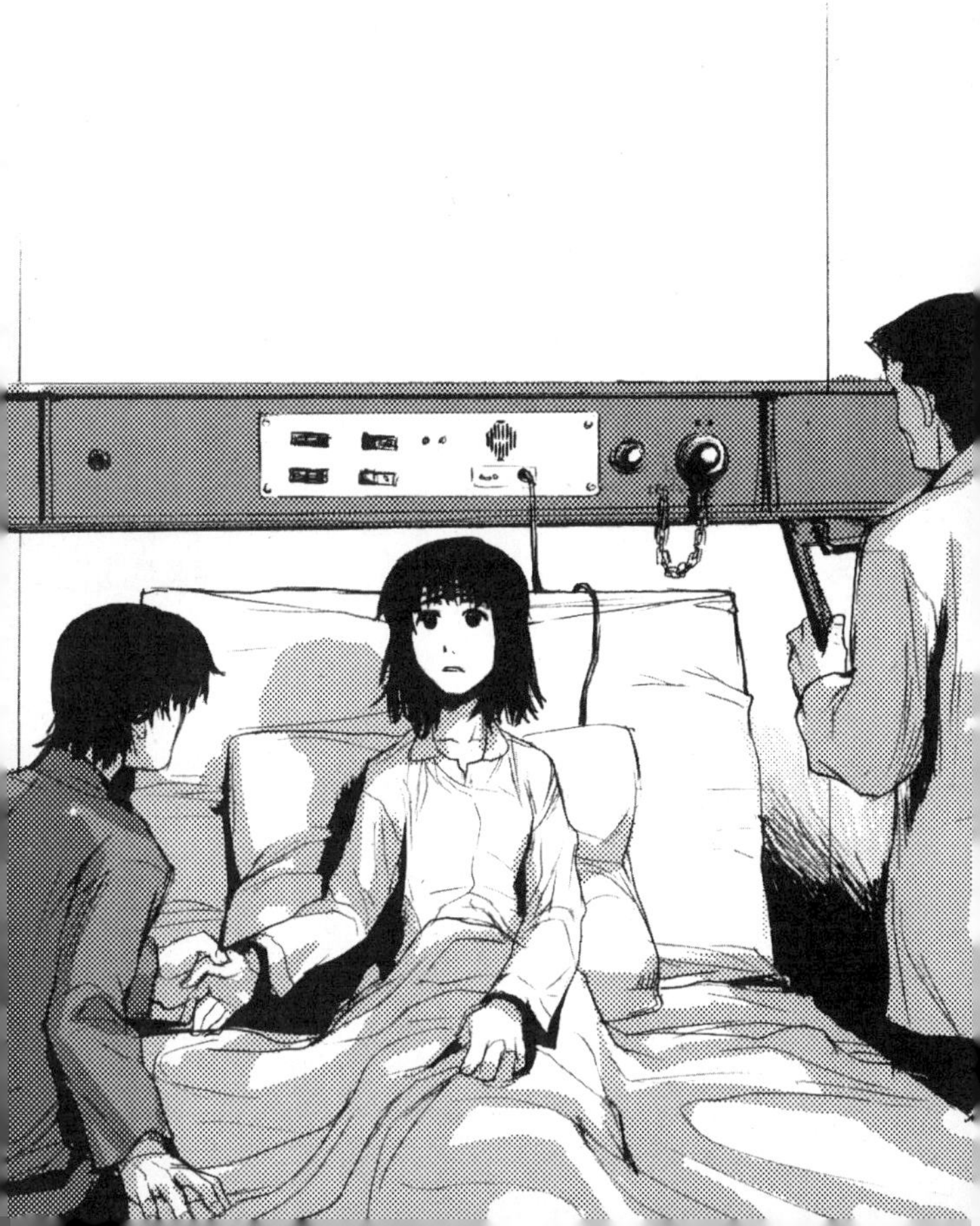

指揮官《しきかん》である黎の指示で、頭を打った紗湖を、恭平はここに運びこんだ。

診察の結果、紗湖の頭の傷は軽い外傷だけで、特に異常はなかった。傷も縫《ぬ》わなければならないほどではなく、数週間経てば、痕《あと》も残さず消えるだろうと診断された。意識もすぐに戻るだろうと。

しかし。

数十分後、医師の診断通り、紗湖は意識を取り戻した。

「ここどこ？　痛っ。あれ？　……どうして、あたし、頭にけがしてるの？」

包帯の巻かれた頭を手でおさえ、紗湖がふしぎそうに問う。

「七瀬……？　どうしてけがをしたかって……」

「……きみ、名前は？」

紗湖を診察している医師が、何かに気づいて恭平を制し問いかけた。

「七瀬紗湖……です」

「きみは頭をけがしているけれど、どうしてなのか覚えてる？」

「……わからない」

「なぜ、ここにいるかわかる？」

しばらく、紗湖は考えると、まるで自分自身に言い聞かせるかのように、ゆっくりとしゃべりはじめた。

「あたし、家にいて、そしたら恭平が出かけようとしたから、あとをついて……そして……そして……」

「そして？」

「……わからない。ううん、そして、ここにいたの。ここに。どうして、あたし、こんなところにいるの？」

「ビルの崩落《ほうらく》現場のことは？」

恭平が問いかけた。

「ビル？　なんのこと？」

「……水城財閥《ざいばつ》私設特殊救助隊のことは？」

「なに？」

「何も覚えていないのか？」

不安そうな恭平に、医師が何か意味ありげに目配せをしてきた。

3　七瀬家の人々

「言うべきことがあるなら、正直に言いなさい」

それだけを言って紗湖《さこ》の父は腕を組み、押し黙った。

時刻は午前一時。

場所は、七瀬《ななせ》家、つまり紗湖の家の居間。

座卓をはさんで恭平《きようへい》と紗湖は、紗湖の父の前に正座させられている。父のとなりにはパジャマにカーディガンを引っかけただけの紗湖の母がいる。

(正直に、ったって)

恭平は、うつむきながら、上目づかいに紗湖の父を見た。

紗湖もうつむきながら、ちろちろと恭平と父親を見くらべている。

紗湖の父は、何もいわずにむっつりとしている。となりで紗湖の母がお茶を入れ、皆の前に配った。

水城《みずき》財閥《ざいばつ》の病院で、意識を取り戻した紗湖は、何も覚えていなかった。

自分がだれであるとか、どこの学校に通っているとか、そういうことはちゃんと覚えているのだが、けがを負った前後の記憶と、水城財閥私設特殊救助隊に関することだけを忘れ去っていたのだ。

「頭部に強い衝撃を受けると、記憶が欠落することはあります」恭平に目配せし病室の外に連れ出した医師は告げた。

「ですが、今回は、それほどの衝撃があったとは思えないのですが……。それに記憶が限定して失われているというのも……。完全にあり得ないこととはいえないのですが、あるいは精神的なものが関与しているかもしれません」

「精神的なこと？」

「なにか嫌なこととか、忘れたいこととかあったのかもしれませんね」

そのことばに、恭平は、直前にかわした会話のことを思いだした。

（忘れたいほどのことだったのかな……）

恭平は、ショックだ。

何が、紗湖に精神的な衝撃を与えたのだろう？　来てほしくないと言ったことか、あるいは恭平の告白か。

（忘れたいほどいやだったのか？　七瀬……）

そんな不安な考えが恭平の中でぐるぐるとまわっていた。

「脳に損傷は見られませんから、いずれ、記憶は戻りますよ。安心してください」

医師にそう言われて、恭平は、紗湖とともに帰宅したのだ。

が。

玄関のドアを開けたとたん、そこに紗湖の父親が眉間《みけん》にしわを寄せて立っていたのだ。

「こんな時間まで、二人でどこに行っていた?」

紗湖に肩を貸し、半分抱きかかえるようにしているところを見られた。紗湖の父がいることに気づいて、すぐに離れたが、絶対に見られた。

「居間に来なさい。話がある」と、そのまま居間につれていかれ、正座させられた。

深夜、高校生男女のこそこそとした帰宅。

紗湖の父は絶対に疑っている。

「こんな時間に、二人でどこに行ってたんだ? 正直に言いなさい」

口調は静かだったが、まちがいなく怒っている。

穏和《おんわ》な紳士、といったイメージの紗湖の父が、本気で怒っていた。

水城財閥《ざいばつ》私設特殊救助隊からの要請を受けて、恭平はこっそりと家を出た。たぶん紗湖も、気をつかって両親に知られないように出かけたのだろう。

そして、二人そろって、こそこそと深夜に帰宅。

「あ、あの……」

言い逃れ不可能。

恭平はことばをみつけられず、うろたえている。

「答えられないようなことなのか？」

（そうなんですけど……）

水城財閥私設特殊救助隊の存在は極秘《ごくひ》である。正直になんて答えるわけにはいかない。

黙ったままの恭平に、紗湖の父の顔に怒りがフツフツと浮きあがってくるのがわかる。

「答えられないのか！」

「おとうさん……ごめんなさい」

ついに怒声を発した紗湖の父に、紗湖がしおらしい声を出した。

「あたしのせいなの、恭平を怒らないで。あたし、急に散歩がしたくなって、恭平に頼んでいっしょに行ってもらったの。そしたら、あたしころんじゃって。ねんざしたみたいだったんで、恭平が肩を貸してくれただけなの。頭も少しその時、打っちゃって。それでコンビニによって包帯とか買ってたら遅くなっちゃって。ごめんなさい、おとうさん」

ぺこりと紗湖が頭をさげた。

恭平に抱えられていたことと、頭に包帯が巻かれていることのいいわけにはなっているが。

（な、七瀬……）恭平の額をたらたらと汗が伝う。

（う、うそくさすぎるよ、それ）

しかし。

「わかった。そういうことならいい」

紗湖の父は納得したらしい。急に笑顔になってうなずいた。紳士らしい柔和《にゅうわ》な笑みだ。

「え？」

思わず、恭平は紗湖の父の顔を見た。

「今日は、もう遅いから、早く寝なさい」

話はそれで終わり。

紗湖の母に促され恭平と紗湖は居間を出て二階にあるそれぞれの部屋へ向かったのだった。

◇

「七瀬、その、あの時のことホントに忘れてる？」

階段をのぼりながら、恭平は紗湖に問いかけた。

二階にある三部屋のうち、一番奥、東向きの部屋が紗湖のもので、一番手前、西向きのフローリングの部屋が恭平のものである。

半年前、藤木《ふじき》市を襲った大震災で、恭平は祖母と家を失った。

恭平は、三歳の時、遭遇《そうぐう》した旅客機墜落《ついらく》事故で両親を亡くしていたため、天涯《てんがい》孤独の身の上になってしまった。

帰る場所のない恭平に、幼なじみである紗湖の両親は、

「とりあえず、高校を卒業するまではうちにいればいい」と言ってくれたのである。

恭平は、そのことばに感謝し、紗湖の家に居候《いそうろう》させてもらっている。

先の大震災で、運良く紗湖の家は倒壊《とうかい》を免《まぬが》れたが、古い家屋だった恭平の家、正確には祖母の家は、住めないほどに壊れてしまった。

恭平ばかりでなく、家を失った人は多く、藤木市では住宅が不足している状況だ。新たな家やマンションなどの建設ラッシュは続いているが、まだまだ数は充分ではない。

なので、「紗湖と同居することには問題あるよな……」と思いつつも、恭平はこの家に置いてもらっているのである。

しかし、同級生でもある同い年の女子と、同居するとなれば、いろいろな不都合がある。

紗湖や紗湖の両親が気をつかってくれる以上に、恭平は気をつかう。

紗湖が入る前のフロに恭平が入ったら紗湖がいやがるような気がするし、かといって紗湖が入った後のフロにも入ってはいけないような気がする。

紗湖の髪と同じ香りのするシャンプーが、浴室に置いてあることに気づいたりすると、それだけでどぎまぎしてしまう。

というわけで恭平は、真冬でもシャワーで過ごした。

紗湖がフロやトイレに入っている時は、できるだけ自分の部屋から出ないようにしている。

「いつまでもいてくれていいのよ」

紗湖の母は、にっこり笑って言ってくれるが、「そういうわけにも、いかないだろうな」と恭平は思っている。

紗湖の両親が疑っているようなことは何もない。

何もないように努力していたりするのだから。

それに、紗湖と同居していることは、友人たちには内緒《ないしょ》だ。事情が事情だけに、さすがに学校には知らせてあり、教師には紗湖の両親の監督下《かんとくか》にあるということで承認してもらってはいるのだが、友人たちになど知られたら、どんなうわさをたてられるかわかったものではない。

だから、恭平は、紗湖の家の裏にある離れに独りで住んでいることになっている。七瀬家には離れなどないのだが。

「忘れてるって、何を？」

階段をのぼりきったところで、恭平の部屋のドアの前に立ち、紗湖がきょとんと恭平を見た。

「いや、その、頭を打つ直前に、おれが言ったこととか……」

告白のことだ。

「恭平、あたしに何か言ったの？」

紗湖が恭平の顔をのぞきこむ。

「……ホントに覚えてないのか？」

「ごめん。覚えてないから、もう一回言って」

紗湖の目が心なしか、何かへの期待に輝いているように見える。

「い、今、ここでか？」

「うん。もう一回」

(もう一回……告白のやり直し!?)

あの時だって決死の思いだったのだ。もう一回言えといわれても……。

それに、階下で、紗湖の両親が聞き耳を立てているような気配がないこともない……。

「い、いや、たいしたことじゃないから、あはは」

「たいしたことじゃなかったの、ふーん」

紗湖は少し怒っているようである。

「そうなんだ。たいしたことじゃないから。それじゃ、おやすみ」

そう言って恭平は、自分の部屋にそそくさと入りこんだのだった。

◇

「やっぱり、ただの散歩じゃないでしょうね」

恭平と紗湖がいなくなった居間で、いままで一言もしゃべらなかった紗湖の母がなにげない口調でつぶやいた。

「娘の言うことを信じてやれ」

ぶっきらぼうに紗湖の父が言う。

「あなた、ホントに信じてます？」

「信じている」

(信じたい、信じたいんだよ）と、夫の目が叫んでいるのを妻は見逃さなかった。

「でもね、私はね、いっそのこと、きちんとさせちゃった方が、いいんじゃないかと思って」

「きちんと、って何を？」

仏頂面《ぶっちょうづら》で、お茶をすする紗湖の父。

「まだ高校生だから、今すぐにってわけにもいかないでしょうから、内々の婚約ってことにしておいて……」

婚約、ということばに、紗湖の父がお茶を吹いた。

「卒業したら、正式に婚約、ううん、いっそのことそのまま入籍《にゅうせき》させちゃえば」

「お、おま、まえ、ば、ばっ！」

おまえ、何を、ばかなことをいっているんだ、と紗湖の父は言いたいらしい。

「あ、お式はきちんと挙げさせますよ。紗湖の花嫁《はなよめ》姿、見たいし」

「し、しき？　さ、さ、ども」

(式ってまだ、紗湖は子供だぞ)

「だって、このままほっといても、いずれはそうなりますよ」

「ほっ、ほっ、ほ、ど、どどど、そそ」

(ほっといたら、どうなるというんだ。そんなはずはない)

「なりますよ。たぶん。ううん、もうなってますよ、きっと」

「ぶ、ぶぶぶ」

(ばか、そんなことがあるか)

紗湖の父の顔は、怒りなのかなんなのか、自分でも理解不能の感情で真っ赤になっている。

「それなら、うやむやにしとかないで、きっちりした方がいいでしょ？　紗湖のためにも。恭平くんはあれでしっかりしてるコだし。二人とも、卒業すれば十八歳だし。法的にも問題ないし」

「はは、だだだ、おれおれおれ！」

(早すぎる。だめだ。俺は認めん!)

「だって、あなた、この間の地震であんなにつらい目にあったじゃありませんか。私たち、明日はどうなるかわかりませんよ。それなら早いうちに孫の顔を見ておいた方がいいと思いませんか?」

「ま、ま、まご⁉」

(孫!)

「紗湖の子なら、きっとかわいいですよ。あなたもそう思うでしょ」

「そそそ、紗湖の」

(それは紗湖の子ならかわいいと思うが、それは早すぎる。うん、絶対に早すぎるぞ)

「いやあねえ、あなたも親ばかねえ」

照れながら、紗湖の母が紗湖の父の背を、ばしんとたたいた。

「う、うむ」

他人が聞いたら絶対に意味不明なことばを、的確に解釈して会話しているあたり、さすが十九年連れ添った夫婦である。

というわけで、翌日、会社から戻った紗湖の父が、恭平に「これに申しこみなさい」とさしだしたのが、ウイステリア・エステーツ社が新規に分譲《ぶんじょう》するウイステリア・タウンのマンションの申込書だったのだ。

4　桜沢千絵

パンダにネコにウサギ、イヌにクマに女の子と男の子。

その他、無数のあみぐるみに埋もれていた目覚まし時計は、電池が切れて、昨夜の十二時五分で止まっていた。

心配して部屋をのぞきに来た母に、

「どうしたの？　今日は具合でも悪いの？」とのんびりした声をかけられて、千絵《ちえ》は、ようやく目を覚ましたのだ。

「たいへん！　こんな時間！」

ベッドサイドにおいていた縁《ふち》なしメガネをかけて壁の時計を確認するや、あわててベッドから飛び起きた。

桜沢《さくらざわ》千絵は、清陵《せいりょう》学園高等部の一年生だ。

学校では、生活委員なんてものをやらされている。

校則のきびしい学校ではないので、たいした仕事もないが、生徒があまりにひどい校則破りをしていないかのチェック程度のことはする。

千絵は、大急ぎで身支度《みじたく》を整えると、

「いってきます！」

と朝食は抜きで玄関を飛び出し、カバンを手に全力疾走《しっそう》を開始した。

短い時間であわてながら、とりあえずざっくりと編んだ背中までの三つ編みの髪が、一歩を踏み出すたびにぽんぽんと跳ねあがる。

駅まで走って五分、電車で十五分、そこから学校まで走って七分、電車待ちに二、三分ロスすると計算して、ぎりぎりなんとか遅刻は免《まぬが》れる。

予鈴《よれい》まであと三十一分。

よりにもよって今日は、千絵が登校検査——早い話が遅刻のチェック——の当番なのだ。

「生活委員が、遅刻なんてしたら、示しがつかない！」と権力的に考えているのではなく（わたしが遅刻なんてしたら、生活委員に選んでくれた人に申しわけないもの）と思いながら、必死に走っているところが千絵らしい。

千絵は、クラスでだれもなりたがらなかった生活委員に、まじめだからという理由で友人によって推薦《すいせん》され、断れないままに、就任してしまった。

ホームに駆けこむと、ちょうど下りの電車が滑りこんできた。開いたドアから乗りこむ。

運動関係はあまりというか、かなり得意でない千絵の息は、すでに、ハアハアとあがっている。

十五分間の車内での休憩《きゅうけい》の後、目的の駅についた電車から飛び出して、千絵はまた走りだした。

残りあと九分。なんとか間に合うはずだ。

が。

「工事中!?」

ゆるやかな上り坂になっている学校までの県道が、歩道も含めて全面通行止めになっていた。巨大なトラックが道をふさぎ、道路のアスファルトと歩道のコンクリートが全部はがされている。

「迂回路《うかいろ》は……」

工事のお知らせの看板に、迂回路が描かれている。が、ひどく遠まわりだ。そちらを通っていては完全に遅刻してしまう。

(どうしよう……)

道はもうひとつある。むしろ、いつもの道より早く着ける近道が。

が、千絵はひどく迷った。迷って迷って、朝の貴重な三十秒を使ってしまったあと、生活委員に推《お》してくれた友人のために、あることが理由でこの三年間一度も通らなかった近道を使うことにした。

(臆病《おくびょう》だよなあ)

近道へ向かうため、公園を横切って走りながら、ため息をついた。

三年も前のことなのに、まだ怖い。

千絵は自分でも自分がいやになるほど臆病だと思う。引っこみ思案で、内向的で、なにごとにもはっきり決断したり、強く言ったりできない。

「そこが桜沢さんの良いところだよ」

清陵学園の先輩、同じ生活委員である七瀬《ななせ》先輩は、そう言ってくれるけれど……。

(はあ……)

千絵は胸の内でため息をついた。

千絵は、七瀬先輩こと七瀬紗湖《さこ》のことを尊敬している。

明るくて、活発で、言いたいことはハキハキと口にして、だけど、少しも嫌みなところがなくて。

千絵はうらやましく感じている。尊敬というより、あこがれているといった方が正しいのかもしれない。

その紗湖が言ってくれたことではあるが、いまひとつ、というかなんというか、千絵には自分の性格が長所だとは思えないのだ。

公園を出るとすぐ右手に階段がある。

小高い丘をのぼるためにもうけられた石段で、街路樹が整備され、ちょっとした遊歩道のようになっている。

千絵は、中等部一年生の時、この階段の中程から足を踏みはずして一番下までころげ落ち、左手首を骨折したことがあるのだ。

（ホントに怖かった……）

一段一段数えながらのぼると百十七段あって、数えながらおりるとなぜかいつも百十六段しかない長い階段の途中。六十段目のあたりの横に、小さな展望台のような休憩《きゅうけい》スペースが設置されている。一気にのぼるのがつらいお年寄りや小さな子供のために、市が作ったものなのだ。

自販機とベンチが二つあって、そこに座ると足元に藤木《ふじき》市の街並みが見える。

早い朝や夕方は、街並みがしっとりとした蒼《あお》や、やわらかな朱色に染められてきれいだ。ここにイーゼルを持ちこんで絵を描いている人もよく見かける。

夜に来れば、街並みに灯がともり、それが地上の星のようで、天と地の境目がわからなくなるめまいみたいな感覚を楽しむこともできる。

この休憩スペースが目的で、わざわざこの階段を通る人も多いのだ。

だが、それが千絵のけがの原因でもあった。

（五十一、五十二……）

階段を絶対に踏みはずさないように一段一段しっかりと、しかし駆け足でのぼりながら千絵は思いだしている。

（たしかこのあたりで）

何かに足を取られてころんだのだ。

あきカンだったらしいと、あとで母に聞いた。

ベンチのそばには一台の自販機が置かれている。休憩する人が、のどをうるおせるようにとの配慮《はいりよ》からだろう。自販機の横には、もちろんあきカンを回収するためのボックスも置かれている。

だが、その中にちゃんと入れない人もいるのだ。

階段に放り捨てられていた固いスチールカンを、上からおりてきた千絵は気づかずに踏んだ。

上からでは見えない死角に落ちていたからか、千絵自身の視力があまりよくないためかはわからないが。

「あ」

と思った瞬間には、世界が回転していた。

頭を打ちそうになって、とっさに手でかばった。

その時、左手にズキンと痛みが走った。

それでも身体《からだ》は止まらない。

自分の身体なのに少しも思うようにならなくて。

落ちる間、灰色の階段と、街路樹の緑と、青い空がぐるぐるぐると順番に何度も何度も流れるように見えて……。

肩や腰、足がそのたびに石段にぶつかって、ひどく痛くて。

死んでしまうのではないかと思った。

結局、命に別状があるようなことはなかったが、左手首を骨折して、二ヶ月間千絵は不自由を強《し》いられた。

それ以来、この階段は通らないようにしてきた。少し遠まわりになるが、県道を通れば学校に通える。

けがで痛い思いをしたせいもあったが、なにより、何人もの人の前でころがり落ちてしまったということが恥ずかしかった。スカートだったし。

「あ」

階段をのぼっていた千絵の足が止まった。

あきカンが、千絵の場所から七段ほど上の段に無造作《むぞうさ》に投げ捨てられているのが見えたのだ。

上からランドセルを背負った女の子が駆けおりてくる。

カンは女の子からは死角になっている。踏んでしまうだろう。そして、ころぶかもしれない。

（このままじゃ……）

小学校はこの階段の下にあるのである。

昔の千絵と同じように小学生が石段を数えながら。

「五十九、六十」

あの時の千絵のように。

（来ちゃ、だめ）

千絵の身体がこわばり、階段の真ん中で動けなくなった。

一言注意するか、あきカンを拾えばそれでいいのに、金縛《かなしば》りになったようだ。

（ころぶ、落ちちゃう！）

千絵はまだ打ち所が良かったから骨折ですんだと言われたのだ。悪ければ頭を打って死んでいたかもしれない。

（もしも、あの子が落ちたなら……）

悪い想像が頭を駆けめぐる。

（だめ！）

なんで、動けないのだろう。

どうして、こんなに情けないんだろう。

女の子の足が、カンの落ちている段まであと数段となった。

(踏んじゃう！　ダメーっ！)

千絵が声にならない叫びをあげた時。

横から、だれかの手がすっと伸びて、あきカンを拾いあげた。

直後、その場所を小学生の足が踏んだ。

「あ」

「六十五、六十六……」

小学生は、何事もなかったように千絵の横を通りすぎていく。

千絵の横に、清陵学園高等部の制服を着た背の高い男子が一人立っていた。

手に持ったカンを、ぽい、とカン入れに放りこむと、立ちつくしたままでいる千絵を見て、顔をしかめた。

(何も起こらなかった。よかった……)

カンを拾ってくれた人物と目があったとたん、なぜか、千絵の目から涙があふれ出てきたのだった。

5　鳴瀬皓二

清陵《せいりよう》学園高等部一年、鳴瀬《なるせ》皓二《こうじ》は、朝の街を制服姿のままぶらぶらと歩いていた。

タバコを吸った（今もカバンの中にラッキーストライクが一箱入っている）のは、自分を変えるきっかけが欲しかったからだ。それが何かはわからなかったが、何かが変わるのではないかと思った。

貴重な毎日のはずなのに、昨日と同じことのくりかえしだけで過ぎていく。それがもどかしかった。いや、今ももどかしさに焦《じ》れている。

（俺はやるべきことをせずに、むだに過ごしているんじゃないか？）

でも、自分がやるべきことがわからない。

正直、勉強ができる方ではないと自覚している。

というか、まわりの言う、良い大学へ行って、安定した職をみつけることが自分のやるべきことだとはどうしても思えない。一生は一度きりなのに、おもしろいとかやりがいがあるとか思えないこと——勉強に全力を尽くす気にはなれない。

（逃げなのかもしれない）

勉強が嫌いだから逃げているだけなのでは？　と考えることもある。

しかし、それだけでは自分を納得させられない、他の理由があるような気がしてならないのだ。だが、それがなんなのか皓二自身にもわからない。

（教科書にそって勉強しているやつらは、焦《あせ》ることがないんだろうか？　このままでいいと思ってるんだろうか？）

皓二にはそれがふしぎだ。

かわりばえのない毎日の中で、自分がだれなのか、何者なのか、これからどうなるのか、どうすべきなのかわかって、みんなは暮らしているのだろうか？

皓二には、そうは思えない。

平凡《へいぼん》な毎日の中で平凡に過ごし、平凡なまま終わるのではなく、何かを為したかった。

あれは、一年ほど前のことだった。

新しくできたヘアサロンに、なんとなく理由もなく入った皓二は、「てきとうに」とだけ言ってカットを美容師にすべて任せた。

カット後、鏡を見て驚いた。

（かっこいいかも……）

自画自賛《じがじさん》は、恥ずかしいとはわかってはいたが、そう思ったのだからしかたがない。

その時以来、皓二は、自分も知らない自分があるのではないかとさがしている。もちろん外見のことではなく、内面的なものをだ。

どんな自分がいるのか知りたかった。

だから、いろいろやってみた。

タバコを吸ったのもそのひとつだ。学校でも隠れてあちこちで吸っていた。

それが、生活委員にみつかった。

皓二が、けんか腰で抵抗したために、騒ぎになった。

三日間の自宅謹慎《きんしん》、早い話が停学というやつを、言いわたされた。

軽い処置だったが、以来、学校に行くのがいやになった。

だが、今朝《けさ》も「高校ぐらいは出ておかないと」と、皓二には納得できない理由を盾《たて》にした母親に、「学校に行け」と家を追い出された。

が、そんな気になれないまま、皓二はふらふらと市街地のはずれにある、うらぶれたマンションの外づけ階段を三階までのぼり、一番奥の部屋のチャイムを押した。

《皓二か？　鍵《かぎ》は開いてる、入れ》

インターホンを通じて声がかけられ、皓二は中に入った。

はきつぶしたような靴《くつ》が何足も乱雑に脱ぎ捨てられている玄関で靴を脱ぐと、他の靴を踏まないように、つまさきだって部屋に入った。

これ以上踏んづけてつぶしたら、使いものにならなくなるような気がしてしまう、くたくたの靴《くつ》ばかりだからだ。

部屋には、何台かのデスクが並べられ、パソコンがそれぞれにのっている。床の上にノートパソコンが広げられ、フロッピーやCDが束になって落ちている。

壁には、ゲーム系やアニメ系のポスターや手書きの水彩画などがベタベタと貼られている。

壁の二面を占めるスチール製の書架《しょか》には、ぶあついファイルが何冊も並び、一部ははみ出して、床に落ちている。

あいかわらず、ぐちゃぐちゃの部屋だ。

「静かに、となりでスタッフ連中が仮眠をとってるからな」

伸び放題の髪の毛を後でひとつにまとめた二十歳《はたち》ぐらいの男、菊池《きくち》が口に指をあててみせる。

ここは、この菊池のオフィスなのだ。

作っているものはゲームソフト。元は、大手ゲームソフトメーカーの小さな下請けだったが、オリジナルで出したゲームがヒットして、今では業界でも注目されている会社となっている。

「納期が近いんで、みんな泊まりこみなんだ」

この部屋以外に二部屋あるのだが、そこは七人いるスタッフの仮眠室になっているらしい。

菊池自身も、徹夜続きなのか寝不足の目をしている上に、あごには二日は剃《そ》っていないと思われる無精ひげが、みっともなくはえている。

「なんかあったのか？　それともあいかわらず、なんにもないから悩んでんのか？」

問いかける間も、デスクのパソコンとひざに乗せたノートパソコンのキーボードを、交互にたたき続けている。

「両方……かな」

菊池は、皓二の友達の友達の兄の友達、といった感じの知り合いで、「ゲーム作ってるとこ、見に行かないか」と友達に誘われて、好奇心からこのオフィスに見学に来た時、知り合ったという間柄だ。

なぜか妙にこの菊池と気があって、友達たちやその兄とのつきあいが薄くなった今でも、時々こうして遊びによらせてもらっているのだ。

皓二は、なんとなくこの菊池が好きだ。

平凡でない人生を生きている人だからかもしれない。

自分の道をみつけ、その世界で成功した人だからかもしれない。いつもいつも、この人のことばは、しみこんでくる感じなのだ。

「なんにしろ、悩むのはいいことだ。あ、ちくしょう、ここがバグっていやがったか。

ところで、今日の予定は？」

菊池は、カカカカカッとキーをたたきディスプレイをにらんだままで、皓二に問う。

「それが……なくて……」

ふたたび、しばらくキーをたたき、

「よし、こんなとこだろ。ちょっと休憩《きゅうけい》」と、大きくのびをして皓二に向き直った。

「俺はプログラマが天職《てんしょく》だと思ってる。プロデュースもさせてもらえるようになって、そっちでも評価されるようになったけど、俺が一番好きなのはこれなんだなって」

皓二はうなずいた。皓二から見てもそうだ。菊池はキーボードをたたいている時が一番生き生きしている。

ちなみに菊池の肩書きは、ゲームクリエーター兼プログラマ兼社長である。

「だけど、俺、時々怖くなるんだよ。この時代じゃない時に生まれてたらどうなってただろうって。あと百年生まれてくるのが早かったら、ゲームなんか、世の中にまだないんだよ。もし江戸時代になんか生まれてたら、俺の才能とかなんかそんなものは、なんの役にも立たないものだろ？」

「うー？」

そう言われても、ぴんと来なくて皓二はあいまいに答えた。

「過去に、世の中にはそういう人たちが、たくさんいたんじゃないだろうか？　って、俺、思うんだよ。

本当は才能を持っているのに、世の中や時代に要求されないために、何もしないままに消えていった人たちが。埋もれてしまった才能が」

皓二は、ぞっとした。

(もしかしたら俺が持って生まれてきた何かは、この時代では無用のものなのかもしれない)

と考えてしまったから。

平凡《へいぼん》な、何もない自分のまま終わるのは嫌だった。

「自分のやりたいことがみつけられない、ってのは、自分の中の可能性に気づくことができない場合と、自分のやりたいことがこの世にまだない、あるいはもうないって二つの場合があると思うんだ。俺に置き換えると、プログラミングをやったことがなくて、そのおもしろさを知らないって場合と、この世にまだコンピュータ自体がなくてプログラマって仕事がない、場合と。

自分の可能性に気づくためには、興味のあることを手当たり次第にやっていれば、いつかきっとみつけられる。しかし、やりたいことがこの世界にない場合……」

菊池が押し黙った。

皓二もうつむく。

(そのまま埋もれていく……)

自分の持つ力を知ることもできずに、焦《あせ》りながら終わってしまうのだ。

突然、菊池がにたっと笑い、大きな声でいった。

「自分で作っちまえばいいんだよ」

「え？」

「ゲームプログラマって仕事がないなら、とりあえず、てきとうにゲーム作って、こういうモノを作るんです、って、どっかの会社に売りこみゃいいんだ。コンピュータ自体がないなら、それから作っちまえばいい。あきらめることなんてないんだ」

「……それ無茶じゃねえ？」

「そりゃたいへんだよ、今ある職業のどれかに就《つ》くってわけじゃないんだから。自分で仕事を作るんだから。でも、ゲームプログラミングだって、数十年前にはなかったんだぜ。だれかが作ったんだ。それをみんながおもしろがって育てたから、今ある。

今はなくても、おまえが一番最初にはじめる何かがあるかもしれないぞ」

ばかばかしいと思いながらも、皓二はそういうこともあるのかもしれない、となんとなく信じはじめている。

「とにかく、ま、絶望したり、やる前に落ちこむことはないってことさ。とにかくやってみろ。なんでも。おまえは俺とちがってまだ若いんだからさー」

と、携帯が鳴って、それに出た菊池が、突然、敬語になった。

仕事の打ち合わせらしいと見当がついたので、皓二は「じゃ、俺、帰ります」と小さく告げて席を立った。

菊池が手をあげて、目線で「気をつけて帰れ」と伝えてくる。

鉄製の外づけ階段を駆けおりて菊池のオフィスから通りに出た皓二は、なんとなくやる気をわけてもらったような気がして、思わず「うしゃーっ」と叫び、通りかがりの人たちを驚かせたりしてしまったのだった。

◇

というわけで、今日は学校へ顔を出してみるのもいいかなという気分になった。

だが、始業前にちゃんと席に着いているのも気恥ずかしいと思ったので、ほどほどの時刻に着くように、のんびり歩いて階段の途中のベンチで時間をつぶすことにした。

中程までのぼった時、階段の真ん中にぼけっと突っ立っている女の子が一人いた。

そのわきをすり抜けようとした時、足元にあきカンが落ちているのが見えた。

なにげなく拾って、階段横のベンチのわきにある、あきカン入れに放りこんだ。

皓二の横を、ランドセルを背負った小学生が駆けおりてゆく。

ふたたび階段をのぼりはじめようとした時。

「あ？」

真ん中に突っ立っていた女の子が肩を震わせながらこっちを見ていることに気づいた。制服は、皓二と同じ清陵学園高等部のものだ。

(どっかで見た顔だな……)と考えて、生活委員の一人だと思いだした。

たしか、皓二と同じ一年生の。

生活委員の中には、たかだか学校の委員にしかすぎないのに、何をかんちがいしてか、ありもしない権力を振りかざして、居丈高《いたけだか》に皓二を糾弾《きゅうだん》するやつもいる。

皓二の喫煙《きつえん》を発見して騒いだ生活委員もそうだった。

遅刻しかけているこの時間に、こんなところをまだだらだら歩いているのか、と咎《とが》められるのだと思った。

だから、つい声が荒くなった。

「何見てんだ!?」

一歩を踏み出して、強い口調で言ったとたん、縁《ふち》なしメガネの向こうにある大きめの目から涙がボロボロとこぼれた。

「……あ!?」

予想外の反応に、すごんだはずの皓二の方がうろたえた。

「あ、あ……? な、なんで泣くんだ?」

女の子は、髪をゆらして首を横に振る。

「お、お、俺なんかした？」

「ううん」

女の子は、ようやくそれだけ言った。しかし、涙は止まらない。

あたりを通りかかる人が皆、皓二たちを振り返る。

（お、俺が泣かせたみたいじゃねえか……）

突然、女の子が「ありがとう」と泣きながら告げた。

「あ？　ありがとう？　あ、あの、俺、礼を言われること、なんかした？」

メガネの女子がこくんとうなずいた。

「え？」

ますます皓二はうろたえた。

「いや、なんてっか……、その……泣きやめよ、泣くな。な？」

それでもその女の子――千絵《ちえ》を置き去りにすることができずに、けっこう、いい人だったりする皓二は、どうにか泣きやませようと十分近くも奮闘《ふんとう》することになる。

で、結局、二人とも遅刻したのだった。

6　すごいこと

（どこかであったことのある人だな……）

階段で小学生がころぶのを防いでくれた人の顔に、千絵《ちえ》は見覚えがあった。

あのあと、さんざんに泣いて、泣きやんでから、遅刻寸前で急いでいたことを思いだし、あわてたのだが、結局、十五分以上もの遅刻だった。

そのうえ、階段のド真ん中で泣いたことが恥ずかしく思いだされて、その日一日千絵は自己嫌悪に陥《おちい》ることになったのだった。

小学生がころぶのを防いでくれた人は、校門の前まで千絵といっしょに来てくれたのだが、

「俺、今日は、やめた」と、帰ってしまったのである。

「あ、あの、わ、私は桜沢《さくらざわ》千絵。あなたは？」

と、立ち去る背中に名前を聞いたのだが教えてくれなかった。

（どこかで会ったことがあるんだけど……）

あまりに気になるので、生活委員室にある、ぶあつい全校生徒名簿《めいぼ》（写真つき）と昼休みに

格闘《かくとう》して、彼が一年三組の鳴瀬《なるせ》皓二《こうじ》であることを知った。

それと同時に、千絵は、皓二が以前にも「すごいこと」をやってのけていたこと、それで顔に覚えがあったことを思いだした。

すごいこと。

それは、二ヶ月ほど前のことだ。

その日の夕方、千絵は飼っている犬をつれて、いつもの散歩コースを通りかかった。

風の強い日だった。

にもかかわらず、空き地でたき火をしている人がいた。不要品なのだろうか、古い本棚《ほんだな》を足で蹴《け》飛《と》ばして壊しては、燃やしていたのだ。

藤木《ふじき》市では、本当ならば粗大ゴミとして有料で引き取ってもらわなければならないものだ。お金を払うのが惜しくて、こんなところで燃やしているらしい。

（どうしよう……）

注意すべきだと思った。

吹きつける風は強く、燃えさかる炎が長く横にたなびき、その先が、となりの敷地にある家にまで届きそうになっている。

（火事になったら……）

だが、火を焚《た》いているのは、それ系っぽい格好をした恐そうなお兄さんなのだ。たき火をするのに、ダークスーツに金の腕時計という格好である。

千絵の他にもまわりに何人かの人がいたのだが、だれも進言することができないのだ。

「おい、オッサン」

が、あっさり注意した人物がいたのだ。

「こんなとこでたき火すんな！」

その人物は恐そうなお兄さんの肩を引き、強い口調で言ったのだ。

恐そうなお兄さんとその人物のにらみ合いが数秒あった。

そのあと、「すんません」と恐いお兄さんが、顔に似合わないくらい素直にあやまって、すぐさま火を消した。

その時、千絵は、

(よかった。勇気ある人がいてくれて）と思っただけだった。

が、その日の夜遅く、千絵の家の近所で火事があった。

不安に思って火事の現場まで母親といっしょに行ってみると、二階で寝ていた小さな女の子が逃げ遅れて炎の中に取り残されたと大騒ぎになっていた。

たき火の火の不始末から、家に燃え移ったものだと後日わかったのだが。(夕方に千絵が出くわしたのとは別の場所で別の人がしていた、たき火だった）

集まっていた人の中から、一人の男性が水をかぶって炎に飛びこんだ。近くに住む大学生だった。

　その男性は、炎の中から女の子を救い出し、後日消防局から表彰された。女の子の両親からも感謝された。

　その時、千絵は思ったのだ。

（あの、たき火を注意した人は、起こるはずだった火事を防いで、そのうえ、もしかして、逃げ遅れてしまったかもしれない女の子もたすけたことになるんじゃないだろうか）と。

（本当にすごいのは、何も起こらないようにした、あの人なんじゃないだろうか）と。

　千絵は、その時、名前も知らなかったあの人——皓二のことをすごい人だと千絵的基準をもって勝手に認定していたりしたのだった。

◇

　桜沢千絵が、その「すごい人」こと鳴瀬皓二に三度目に会ったのは、階段で泣いてしまった翌日の下校の時だった。

　同時に、三度目のすごいことにも遭遇《そうぐう》してしまった。

　千絵は帰宅するために、駅のホームで上り電車を待っていた。

　小学生が三人ほど、千絵の横でふざけあっていた。

小学生たちは、追いかけっこをしていて、捕まらないようにと、きゃあきゃあいいながらホームぎりぎりのところを走りまわっている。

ドクンと千絵の心臓が鳴った。

◇

二年前、まだ千絵が中等部の生徒だったころだ。

下校の途中、駅のホームで電車待ちをしている時だった。

ふっ、と人の気配が消えた。

そんなことに出会ったのは、その時が初めてだったから、千絵は何が起きたのかさえ理解できなかった。

「え？」

千絵のとなりにいたはずの小学生が、突然、消えた。

校名の入ったバックパックを背負っている制服姿の小学生、三、四人が、混みはじめたホームの人を利用して陰に隠れ、おにごっこをしていたのだ。

まわりの人たちは、うるさそうに小学生をにらんでいたが、

(元気だよなあ)

そんなふうに千絵は、ぼけっと見ていた。

ホームの一番前にいた千絵を盾《たて》にして、笑いながら陰に隠れた男の子の姿が、視界から消えた。

一拍を置いて、まわりでいくつかの悲鳴があがった。

(なに?)

悲鳴をあげる人たちの視線を追って、やっと、千絵は気づいた。男の子が、線路に落ちている。

(あ……)

千絵の身体《からだ》が硬直する。まもなく電車が来ますのアナウンスが入ったばかりだ。

(このままじゃ……)

と、千絵のとなりにいた中学生が、線路にとびおりた。

とっさに行動できるなんて、と千絵は感動した。千絵は、怖ろしさのあまり、悲鳴をあげることさえできなかったのだから。

(でも、怖かった)

小学生を押しあげて、その中学生がホームによじのぼるまでの間、電車が来たらと思うと怖くて怖くてたまらなかった。もしかしたら、二人ともが事故にあうのではないかと思った。

翌日、その中学生は、千絵と同じ中等部の三年生だということがわかった。

全校朝会が、急遽《きゅうきょ》、開かれて、鉄道会社からの感謝状が贈られた。

「すごいね」

「できることじゃないよね」

皆の讃辞を受けて、その三年生は照れていた。

千絵も、

(すごいよ、私にはできないこと)と思ったが、

(怖かったよ。とっても怖かった)とも考えた。

勇気ある行為に、本心からの拍手を送れない自分が、とてもいやだったけれど……。

何かが小さく、本当に小さなものだったが、千絵の心に引っかかるのだった。

◇

「あ……」

同じ場面に、いきなり、二年前のことが思い起こされたのだ。

小学生たちが、おにごっこに興じている。

電車が来ますの表示が点灯した。

小学生の一人が、追ってきた友人に気を取られるあまり、足元をよく見ずに一歩を踏み出し

た。

（落ちる！）

千絵の背筋が凍った。

と。

「うるせー、騒ぐんじゃねえ、ガキが」

小学生の手をつかんで、注意した（？）人物がいた。

小学生は線路に落ちずにすみ、そこに電車が滑りこんでくる。

「なんだよ。うるせーのはそっちじゃん」

「こっちのかってだろ！」

遊びをじゃまされた小学生たちは、悪態《あくたい》をつき、その人物に蹴《け》りをいれている。

「あ？　なんだと？　ガキが！」

（鳴瀬くん!?）

小学生相手に本気ですごんでいるのは、皓二なのだった。

◇

「うるせえんだよ、バカ！」

こんでしまった。


「ターコ!」

口汚く皓二を罵《のの》りながら小学生たちは、ベーっと舌を出し、ひとごみにまぎれて電車に乗りこんでしまった。


「けっ」

(あんなガキどもといっしょの電車にのれるか)

と、皓二は一本見送ることにして、ホームのベンチにドスンと腰をおろした。内ポケットに入れているタバコを一本つまみ出す。

小学生たちを乗せた電車が走り去った時、皓二は、まばらになったホームで手を胸の前で組み、目をうるうるさせてこちらを見ている人物に、ようやく気づいた。

タバコをくわえようとした手が思わず止まる。

「げ、桜沢!」

昨日の朝、階段で泣いた生活委員、桜沢千絵である。

人の名前を覚えるのは得意ではないが、なぜか彼女の名前は一度聞いただけで覚えてしまった。

「鳴瀬くんて、すごい」

つたたたたた、と手を組んだままの格好で走りよってくると、桜沢千絵はいきなりそう言った。

教えた覚えはなかったが、千絵は皓二の名を知っていた。が、それを不審に思う暇《ひま》が皓二にはなかった。千絵の言いしれぬ迫力というか、得体のしれなさというか、そういうものに気圧《けお》されて、それどころではなかったのだ。

「あ？　なんのことだ？」

皓二は、あわててタバコを隠し、怪訝《けげん》な顔をする。まさか、タバコがすごいわけではあるまい。

「すごいよ……すごい……」

意味不明のことをつぶやく千絵の目に涙が盛りあがり、それが一気にド────ッと流れはじめた。

「お、おい　またかよ!?　なんだよ！　なんでいきなり泣き出すんだよ？」

「……えぐっ、だって、鳴瀬くんが、すごいから……うぐっ、感動しちゃって……えぐっ」

「何がすごいんだよ。どっかおかしいんだよ。何が感動なんだよ。なんで泣いてんだよ、おまえ、ヘンだよ。俺、なんにもしてねえよ。何が感動なんだよ。なんで泣いてんだよ、お

「えぐっ……うん、そうかも、私、ヘンかも……。でも、鳴瀬くんがすごいのは変わらないから……えぐっ」

「なんだよ、なんなんだよ！　わかんねえだろが！　とりあえず、泣きやめ、な？」

どうして千絵が泣き出すのかさっぱりわからないまま、「女の子泣かしてる」的な周囲の好

奇の目にさらされて、ただうろたえるだけの皓二なのだった。

◇

わけわかんねえ女――桜沢千絵から、理由を説明してもらった皓二は、ウーロン茶のカンを手にしたまま、あんぐりと口を開けた。

開いた口がふさがらないってのはこういうことなのだと、人生で初めて納得できた、かなり情けない瞬間だった。

泣き続ける千絵を、なぜかまたしても置き去りにすることができず、しかたなく皓二はホームにあった自販機でオレンジジュースとウーロン茶を買って、ベンチに座らせた。

無言で両方をさしだすと、案の定《あんじょう》、千絵は「ありがとう」といってオレンジジュースを受け取った。なんとなく、これが好きかなと思って買ってみたのだった。

オレンジジュースなんて甘ったるいもの、普段、皓二は飲まない。

千絵が選ばなければ、そのままあきカン入れに捨てるつもりだった。が、たぶんこれが好きだろうなとの確信が、なんとなくだが皓二の中にあったのだ。

わけわかんねえ女の好みがわかってしまった自分に気づいて、皓二はちょっと落ちこんだ。

（だいたい、なんで、そんな考えに行き着くんだ？）

建築条
区画
ル総合管理
・保守点検）

聞けば、さらに混乱するような迷説明だった。

通り道にあきカンが落ちていて不快だったから拾っただけなのに、千絵はそれで小学生が階段から落ちてけがするところをたすけた、すごい、という。

小学生がギャアギャアうるさかったから、黙らせようと手を引いただけだ。それが転落事故を防いだと千絵は熱く語ってくださった。

たき火をしてる野郎が単に気に障《さわ》ったから、嫌がらせのつもりで消せ！ と言ったことが火事を防いで、あげくに二階に取り残されたかもしれない小さな子をたすけたことになると、千絵女史はのたまってくださった。

（……妄想女《もうそう》？）

口を開けたまま、皓二は千絵をまじまじと見た。

◇

千絵には、皓二の行動の方が勇気あるものに思えた。結果として、だれからの讃辞《さんじ》も受けるものではなかったけれど。

「もしかして、こうやって何も起きないで、平凡《へいぼん》に当たり前にいることがすごいことなんじゃないかと思ったの」

千絵は、皓二と並んでホームのベンチに腰かけたまま言った。

「だれかが守ってくれているからこそ、毎日が平凡でいられるんじゃないかって」

「平凡な毎日の何がいいんだ……。おめー、さ、なんてゆーか、自分で納得して終わってねえ？　わけわかんないんだけど……」

皓二があきれ顔で千絵を見ている。

「ううん、いいの。ごめん」

「あ？　わけわかんねー」

何がなんだかわからないが、うれしそうな千絵の顔を見るのは、皓二にとっても悪い気のすることではなかった。

7　接触

なんで、千絵《ちえ》にそんなことを話したのか皓二《こうじ》自身にもよくわからない。

同じ電車にのった後、同じ駅で降りて、皓二は、意外にも千絵の家が近いことを知った。

駅を出て、なんとなくだが、すぐに帰る気にはならず、駅のそばのファミレスに、千絵と入った。

「おまえは、何も起こらなかったから俺がすごいって言うけどさ、それじゃ、認められることなんてないじゃないか」

皓二は本心からそう思う。

何かが起きてから、それを回避《かいひ》するからこそ、世間は認めてくれるのだ。火の中に飛びこんだからこそ表彰されるのであって、たき火をしているヤツにからんで消させても、なんの評価にもならない。

そんなことを話しているうちに、皓二は、なんとなく話の流れで、菊池《きくち》とのことを話しはじめたのだ。

菊池の言ったこと——もしかしたら自分のやりたい仕事がこの世にはないのかもしれないということ。もしないのならば自分で作ってしまえばいいということ。

だけど、皓二には、今、夢中になりたいものが、みつけられないということ。

「夢中になれることをみつけるって、結局、評価してもらえなけりゃ、ただのムダじゃないか。ゲーム作っても売れなくて、だれにも遊んでもらえなきゃムダなんだから」

菊池にも話したことはない自分の気持ちまでも、なぜだかその時、皓二は、千絵に話してしまったのだ。

そして言った後で急に恥ずかしくなり、千絵から視線をはずしてそっぽを向いた。

「鳴瀬《なるせ》くんは、思い切ってやってみることがコワイの？」

首を傾《かし》げた笑顔で優しく千絵は問いかけてくる。

が、皓二の心臓は大きくドキンと跳ねあがった。

図星《ずぼし》だった。

（俺、怖いんだ……）

本気で夢中になって、やったことをだれかに否定されることが。

世の中に認めてもらえないことが。

だから、何もすることができず、ためすことができず、結局、自分のやりたいことを、みつけることができずにいるのだ。

夢中になれないならそれはむだなことだし、夢中になって懸命《けんめい》にやったのに、評価されなかったら怖い。で、結局、何もできない。

「思い切ってやってみることができないのは、きっと、それに対して本気だからだよ。やり出したら、きっと止まらなくなっちゃうよ」

千絵がキラキラ光る大きな目で皓二をみつめているのが横目に見える。

(そうかな？)

と、問い返したいのをこらえて、皓二はそっぽを向いて聞いていないふりをする。

「やってみるといいよ、鳴瀬くんも」

(だから何を？)

「えと、ね、私も、あみぐるみ……、って知ってる？　あみぐるみ」

(知らねえよ)

「毛糸を編んでお人形を作るの。作りはじめると止まらなくなっちゃって、私、家にあるだけ毛糸編んじゃうの。だから、普段は毛糸を家に置いておかないの。

だから、やろうっ！　て決心したときだけ、思い切って毛糸買いに行ってね、あるだけ編むの。止まらなくなっちゃうの、大好きだから。そうなるともう他のこと何もできなくて。うふふ。だから、なかなか思い切ってはじめられないの」

照れたように笑う千絵に、皓二は思わず向き直った。

「……なんか、それ、たとえが全然違わねえ？」

「そうかな？」

千絵が、頬《ほお》に人差し指をあてて、んー、と考える仕草をする。

不覚にも、皓二は、それを、（かわいい……）と思ってしまった。

「やってみるときっと止まらなくなっちゃうよ、ね、で、うまくできれば、人によろこんでもらえるよ、きっと」

（だから、何をしたいかがわからねえんだよ）とイライラしながら、皓二はぶっきらぼうに言った。

「俺に何をやれって!?」

それこそが問題なのだ。それがわからない、みつけられないからこそ、皓二は毎日を焦《あせ》りの中で過ごしているのだ。

「はい」

だが、千絵はニコニコしながら、すかさずいつもかかえているトートバッグの中から、白いふわふわしたものを取り出した。

「……なんだ、これ？」

不安を感じながらも、一応聞いてみる。

「毛糸と、これが編み針。それと、これが作り方の本。えへ、今止まらなくなっちゃってるところで、持って歩いてるの。ちょうどよかった。どうぞ」

さしだされた「キュートなあみぐるみの作り方」の本を前にして、皓二の全身に汗が流れた。

◇

「きみたち、高校生？」

そう言って、その男、尾館《おだて》は、ファミレスで千絵と皓二に声をかけてきた。

ちょうど皓二と背中合わせの席に座っていた男だった。

安物のジャケットを引っかけた、冴《さ》えない感じの、しかし、目つきの鋭い二十代半ばくらいの男だ。

「あ、いや、ごめん。立ち聞きするつもりはなかったんだけれど。きみたちの話を聞いてて、ぼくにもそんなころがあったなあ、なんて思いだして」

「なんだよ、てめ……」

人の話を勝手に聞いて、と食ってかかろうとした皓二の動きが止まる。

涙だ。尾館と名乗った男が、一粒、涙をこぼしたのだ。

「みっともないな」

目の端の涙を指でぬぐいながら、尾館は照れたように笑った。

「あ……」

その時、初めて千絵と皓二は、尾館が車いすにのっていることに気づいた。

「いや、ぼくも夢を追って自分を試してみたところがあったんだけど、足を傷めて、挫折《ざせつ》しちゃってね」

「ここいいかい？」と、尾館が自分のコーヒーカップを持って、皓二たちの席に移ってきた。

そんなつもりはなかったのだが、皓二と千絵は、つい、その尾館の話を聞くことになったのだ。

「ぼくも、中学や高校のころ、自分のやりたいことがみつけられなくてね。まわりの友達がみんな、進路を決めていく中で一人焦《あせ》ってた。

大学進学も、自分の学力にあったところをただ選んだだけだったんだけど、そこで建築工学に出会って、ぼくはやりたいことをみつけた気がした。

実は、ぼくはウイステリア・エステーツ社という住宅総合開発の会社で、ビル建設に携《たずさ》わっていたんだ。けどね、建設中だったビルの床がくずれて、このけがをしたんだ」

尾館は、車いすの上で右足をさする。

「それで、働けなくなって、クビにされた」

「働けなくなって？」

千絵が驚きの声をあげた。

「だって仕事中の事故なんでしょう?」

仕事中の事故なのに、会社が責任を取ることはあってもクビにするなんて、と千絵は憤慨《ふんがい》しているのだ。

「そういう会社なんだよウイステリア・エステーツ社は。ビルがくずれたのは建材をケチって不良品を使っていたからなんだ。建設現場にいたぼくは知っている。だけど、ぼくの主張は黙殺されてね。わずかな見舞金だけで解雇《かいこ》されたんだ。

ウイステリア・エステーツ社のやり方は汚いんだ。今度オープンするウイステリア・タウンについても、多くの人が被害にあってて……」

「ビルでもくずれたのかよ?」

千絵との会話に横から入りこまれて不機嫌だった皓二が、その時、初めて口を開いた。

「それもあるんだ。ここのところ、建設中のビルがくずれる事故が何件かあったろう? あれは全部ウイステリア・エステーツ社のビルなんだ。

それだけじゃなく、ウイステリア・タウンを作るために、いろいろとひどいことをしているんだウイステリア・エステーツ社は」

そのあと、皓二と千絵は、尾館に「どうだい? 来ないか?」とさそわれ、尾館の住むマンションへ行き、お茶を飲みながらいろいろなことを話した。進学のこととか、たわいのない話とか。

何かふしぎな魅力のある男だった。悲しげで、見捨てておけない気にさせるというか。見ず知らずの男性の住居に行くのは、いささか無謀《むぼう》なことではあったが、千絵は、皓二がいればだいじょうぶだと考えていたし、皓二は皓二で千絵一人で行かせるわけにはいかないと思っていた。というわけで、二人はなんとなく、尾館のマンションへと足を運んだのだ。

皓二と千絵は、その後も、何度かマンションを訪れ、足が不自由な尾館のために、頼まれて買い物に行ったりもした。

千絵は、尾館の力になれるのがうれしいようだったし、皓二自身も何をやったらいいのかわからず自分をもてあましているようなところがあったから、だれかの役に立てるというのはそれなりにうれしいことだった。

「よければ、これからぼくと、ウイステリア・エステーツ社の被害にあっているおばあさんに会ってみないかい？」

二週間が過ぎたころ、尾館は皓二たちにそう言った。

「そして、よければウイステリア・エステーツ社への抗議のために力を貸してほしいんだ。きみたちが、前に話していたような世間に認められるとか、そういう話ではないかもしれないけれど」

そう誘われて皓二と千絵は、車いすの尾館の案内で、一人の老女に会うことになったのだった。

◇

「長年、住み慣れた家で、引っ越したくはなかったんだよ。もうこの年だしね」

老女が小さな手で、皓二や千絵にお茶をすすめてくれる。

老女の住んでいるこの家は、日当たりがひどく悪い。まだ日暮れまでには一時間以上あるのに、蛍光灯《けいこうとう》なしでは真っ暗なほどだ。

「それを『あんたがここを立ち退《の》かないと、多くの人たちが困るんだよ。あんた一人のために何十人もの家が建てられないんだから』って、ウイ、なんってったかね、ウイなんとかの会社の人に言われてねえ。

私一人のためにご迷惑をかけるわけにはいかないからねえ、土地を譲《ゆず》ったんだ。かわりに、前の家と同じくらいの家を提供するからって言われて。

だけど、もらった家がこれでねえ」

ここはまるきり小屋だった。床は座っていても傾いているのがわかる。しかも腐っているのか、歩けば、ふわふわと奇妙な感触がする。

(真剣な顔……)

千絵は、老婆《ろうば》をみつめる皓二の横顔をじっと見ていた。

「前の家は、古かったけど、造りもしっかりしていてね。部屋もここよりは広かったし、駅にも近くて買い物も楽だったし。こんなところじゃね、お医者様に通うのもたいへんでねえ。なにより、あの家にはおじいさんの思い出があったのに……。契約書とかをよく見なかった私が悪いんだろうけれどねえ……。皆さんのためになるなら、がまんしなくちゃならないのかねえ」

と、老婆は泣きはじめた。

千絵が、つられて、涙をこぼした。

その横で、皓二は本気で怒っていた。

最初は、何か、自分自身が世に認められることがあるんじゃないか、そう考えてここに来た皓二だったが、いつの間にか心からの憤《いきどお》りを感じていた。

「ありがとうね。思い出のあった家だったから、あきらめきれなくて。ごめんなさいね。こんなおばあちゃんの愚痴《ぐち》につきあわせちゃって」

皓二は何も言わずに、老女のことばを聞いていた。

◇

「なんとかしてあげたいんだけれど」

老女の家を出るなり、尾館は自分をあざけるように笑い、うなだれた。

「元社員だったぼくは、ウイステリア・エステーツ社に行くなり門前払いで、抗議もできなくて。なんの力もなくて……」

「俺が行く」

突然、皓二がいった。

「え？　行くって？」

「抗議に行く」

固い決意を浮かべて、つかつかと歩きはじめた皓二に、尾館の顔がぱっと明るくなった。

「あ、待って、私も……」

カバンとあみぐるみセットを入れているトートバッグをつかむと、千絵もあわてて皓二のあとを追った。

◇

「困るんだよね」

ウイステリア・エステーツ社の事務所で対応した男が言った。

「あのばあさんの言ってることは、全部デタラメだよ」

不当な立ち退きで困っている老女のことで抗議に来た皓二と千絵に、ウイステリア・エステーッ社の社員は事務所の入口に立ったままで、皓二たちを中に入れるわけでなし、めんどうくさそうに対応している。

「デタラメって、よくそんなことがいえるな！」

憤《いきどお》る皓二に、社員は肩をすくめて、ため息をついた。

「だれに何を聞いたのか知らないがな、そのババアのいうことは全部デタラメ。こっちこそ、名誉毀損《きそん》で訴えたいくらいなんだよ、まったく。さ、帰った、帰った」

結局、皓二と千絵は、事務所の中に一歩も入ることができないまま、追い返されてしまった。

(一介《いっかい》の高校生に過ぎない俺が抗議したからって、どうにかなるもんじゃないと思ったけれど)

皓二はくちびるをかんだ。

不当に虐《しいた》げられる老女に対しての善行。

初めはそんな、偽善《ぎぜん》的な気持ちがあった皓二だった。

だが今はそうではない。

被害者をないがしろにするウイステリア・エステーッ社への強い憤慨《ふんがい》が、皓二の中にある。

尾館は、尾館の住むマンションにやってきた皓二と千絵に、ウイステリア・エステーツ社に対しての抗議はどうなったかと問いかけた。

「抗議はどうだった？」

「やっぱりそうだったか……」

話を聞いた尾館が、押し黙った。

しばらく口に手をあてて、何かを考えていた尾館が、切りだした。

「ウイステリア・エステーツ社が、家を失った人たちに安い住宅やマンションを供給すると言い出した時は、驚いた。でも、本当に多くの人の利益になることをしてくれるのならと思っていたんだ。だけど、実際は手抜き工事が横行していてひどいものだというじゃないか。許せなくってね。ぼく一人の力でどうにかなることでもないし」

「署名運動とかできないんですか？」

千絵の問いに尾館は首を振った。

「やろうとしたんだけれどね。ことごとく妨害されるんだよ。脅迫《きょうはく》されたりしてね」

「脅迫！」

千絵が、口元に手をやった。

「外面《そとづら》がいいんだよ、ウイステリア・エステーツ社は。だから、みんなだまされる。それで、ぼくなりに考えたんだ。ウイステリア・エステーツ社の横暴を皆に知ってもらう方法はないかって」

尾館が声をひそめた。

「欠陥構造であることを指摘するために、建物がいかにもろいか証明したらいいんじゃないかって」

尾館はさぐるような目で千絵と皓二を見た。

「今度オープンするウイステリア・タウンのマンションのビル。あれも期日に間に合わせるための手抜き工事をしたうえに、材料費をごまかしたひどい建物なんだ。地震がきたら、倒壊する。まちがいなく。で、ぼくは、入居がはじまってしまう前に、欠陥のある建物であることを、知らしめたいと考えたんだ」

「知らしめるって……？」

尾館が声をひそめた。

「……爆弾をしかけ破壊しようと思う」

「爆弾！」

千絵と皓二が同時に声をあげた。

「大声出さないでくれ」

尾館が、指を口にあてた。

「ぼくも考えに考え、いや悩みに悩んだ末の結論なんだ。建物を完全に壊して、被害を出そうとかそういうんじゃないんだ。一部をごくごく弱い爆弾で壊す。爆弾事件となれば、警察や専門家が否応《いやおう》なく調べることになるだろ？　そうすれば、あの建物が欠陥《けっかん》だらけだって露見《ろけん》すると思うんだ」

「でも……」

千絵は口元に手をあてたままだ。

「爆弾なんて、そんなことできるわけねえだろ」

皓二がきっぱり言った。

千絵はほっとした。

「たしかに犯罪だよ。でも、もうこれしか方法がないと思ってしまったんだ。……そうだよな、いくらなんでも、これはないよな。すまない、忘れてくれ」

皓二も千絵も、これでこの話は終わりになったものだとばかり思っていた。

8　爆破予告

「いい部屋だね」

紗湖《さこ》が、十五階建てマンションの最上階、その一室のベランダから眼下の風景を見て言った。

「うん」

恭平《きょうへい》は、紗湖のとなりに並んで立ち、意見に賛同してうなずく。

風が吹き抜けて、とても心地《ここち》がよい。

ここは、藤木《ふじき》市郊外に新たに作られたウイステリア・タウン。

半径六百メートル弱の円形の敷地に放射状に十棟のマンション群が立ち並ぶ。その一番東側にあるマンションの角部屋だ。

日当たりも良いし、見晴らしも良い。部屋の作りもシンプルで恭平の趣味に合う。

四月の日曜日。

恭平と紗湖は、新たに分譲《ぶんじょう》されるマンションの公開抽選会に来ている。

◇

このウイステリア・タウンは、ウイステリア・エステーツ社という、不動産やビル建築管理を一手に引き受ける土地開発企業グループが新規に作りあげた住宅地、というより住宅都市である。

震災で、大きな被害を被《こうむ》った藤木市復興のために、現在、何社もの建築会社や土地管理会社が参入し住宅開発を行っている。

数十、いや数百社の中で、特に大きな勢力を誇っているのが、このウイステリア・エステーツ社とライバルの藤木開発グループの二社である。

この二社は、住宅を大量に供給しようと、藤木市内および郊外の各所に、新住宅都市を建設している。

オープンの一番手、このウイステリア・タウンの分譲《ぶんじょう》は、住宅難と価格の安さから、申しこみが殺到することとなった。

競争率、平均、百二十二倍。

そこで、管理会社であるウイステリア・エステーツ社は、分譲抽選会も兼ねて、次に開発する開発都市のモデルルーム公開と、震災で沈んでいる市民を励ますためのイベントを、いっしょに企画した。

それが、このオープニングフェスティバルである。

分譲マンションの公開抽選会にあわせて、フリーマーケットや市民コンサートにタウン全体を開放したのだ。

午後一時から予定されている公開抽選会に訪れる人たちの他に、コンサートなどの催《もよお》し物をのぞきにきた人たちでにぎわっている。

恭平は、新たな住居をみつけるために、このタウンの分譲マンションに申しこんだ。

あの夜の次の日、紗湖の父が持ってきたのが、このタウンの申込書だった。

「恭平君、これに申しこみなさい」

紗湖の父は、七瀬《ななせ》家の居間で、恭平に申込書類をさしだすなり、有無《うむ》をいわさぬ強い口調でそういった。

「はあ……」

が。

恭平は、マンションを買うなんて、考えたこともなかった。

亡くなった父母や祖母が残してくれた貯金もあるが、恭平はまだ高校生である。いくらなんでもそこまでは考えていなかった。

「でもこれは、またとない、いい機会かもね」

と、紗湖の母が横から紗湖の父をフォローする。

「このマンションは、価格も安いし、市や公共機関からの援助も受けられるそうだし。それに、頭金やなんかの資金は、うちからも援助するから」

紗湖の母のことばに、紗湖の父が「うむ」とうなずいた。

紗湖の父は恭平が七瀬家を出ることに大賛成だから反対などしない。正確には紗湖と同居させたくないからだが。

「お金は、将来、恭平くんが収入を得られるようになってから、少しずつ返してくれればいいし、ね」

「はあ……」

恭平としても、この家にずっといるというわけにはいかないことはわかっている。

もう少しおちついたら、アパートを借りて、と考えていた。

だが、これだけ紗湖の両親が熱心にすすめてくれるものを、むげに断るのも……と考えた。

入居希望の倍率は高く、当たるかどうかもわからない。というか当たらないだろ、とも思ったし。

というわけで、恭平はまだ高校生ではあるものの、このウイステリア・タウンのマンション入居に申しこみをしたのだった。

◇

ウイステリア・タウンの公開抽選会には、恭平と紗湖といっしょに紗湖の両親もやってきた。

が。

「すごい人ね。ひとごみは、私いやだわ。ね、あなたあっちにカフェがあるから、お茶でも飲みましょうよ」

と、タウンに入るなり、紗湖の母が言いだした。

「あ、紗湖と恭平くんは二人で部屋を見てくるといいわ、私たちは、あそこで休んでいるから。ね、あなたは、私とあっちに行きましょう。それじゃ紗湖、恭平くんいってらっしゃい。抽選会が終わったら、北ゲートで落ち合いましょう」

と、紗湖の母は、紗湖にべったりとはりついていたかった紗湖の父の腕を、むりやりひっぱって行ってしまったのだった。

立ち去りざまに、紗湖の母が紗湖に向けて、「しっかりやるのよ」とばかりに、ぐっと親指をたてたのが、恭平には見えた……ような気がした。

で、恭平と紗湖は二人きりで、部屋を見に来ているというわけだ。

「いい部屋だね」

恭平は、十五階にあるその部屋を見まわして言った。

たしかに良い部屋なのだが、難点というか手違いがひとつ……。

「新しくご結婚される方に、特におすすめのお部屋でございます」

ウイステリア・エステーツ社の係員が、ニコニコしながら恭平と紗湖に声をかけてきた。

なぜか、ここは、若い夫婦向けの部屋なのだ。

恭平と紗湖の他にも、五組くらいのカップルが、モデルルームとして開放されているこの部屋を見学に訪れている。

皆、結婚をひかえているカップルらしく、肩を組んだり手をつないだり、かなり顔を近づけて、というかキス寸前の位置で会話をかわしたりしている。

そのまっただなか、というか、ベッドルームに続くベランダに、今、恭平と紗湖はいるのだ。

「恭平、どうして、この部屋に申しこんだの？」

頬《ほお》をうすい朱色に染めながら、紗湖が小声で問いかける。

「いや、それが、この部屋に申しこむ予定じゃなかったはずなんだけど……」

恭平も顔を赤くしてうつむきながら答えた。

たしか、単身者向きのワンルームに申しこんだはずなのだ。

数週間前、必要事項を記入した用紙を、七瀬家の居間で応募用の封筒に入れようとしていたところ、

「あ、恭平くん、申込用紙、私が出しておいてあげる」

と、言ってくれた紗湖の母に預けることになって……。

（……書き換えられた？）

のかもしれない。一人暮らし用の部屋にではなく、新婚用の部屋に。

どうせなら、すぐにでも紗湖と暮らせる部屋の方がいいわよねー、と紗湖の母が考えたからなのか、どうかはわからないが……。

「ご結婚のご予定はいつ頃ですか？」

ウイステリア・エステーツ社の係員が手をもみながら聞く。

ぼむっ、と音をたてて恭平と紗湖の顔が同時に真っ赤になった。

そう見えるらしい。

「3LDKと充分な間取りになっていますから、将来、お子さまがおできになっても、長くお住まいいただけます」

お子さまということばと背後のダブルベッドが、なんだか、すさまじくリアルである。

「あ、あ、七瀬」

なんとかこの場を逃れようと、恭平が階下を指さした。

「あ、あそこに、フリーマーケットが出てる、行かないか？」

ベランダから見おろす地上。

そこには円形の公園が広がっており、今日のオープニングフェスティバルにあわせてやってきたいくつものマーケットが並んでいた。

「あ、あ、ほ、ホント。行こうか」

そういって恭平と紗湖は逃げるようにしてマンションを出た。

◇

「さっき見えたフリマはどこ？」

ひとごみにぐちゃぐちゃにもまれ、髪の毛がばさばさになった紗湖が、脱げかけたカーディガンを引きあげながらいった。

「たしかこのへんだと思うんだけど……」

こちらも髪の毛はぐしゃぐしゃ、手にしていた地図もしわだらけになった恭平が、ため息をついた。

ここは、ウイステリア・タウンの中心にある公園で、その名もセントラルパーク。

円形のタウン内を移動するのに、多くの人がこの中央にあるパークを通り抜ける。そのうえ、フリーマーケットや屋台まで出ているものだから、混み具合はハンパではないのだ。

　このパーク、滑り台やブランコなど小さな子供が遊べるスペースはもちろん、ちょっとしたピクニックができそうな広い芝生《しばふ》や、ジョギングのできそうな遊歩道などが作られている。

　そして、公園の真ん中、つまりこの住宅都市の中心に、高さにして五階建て相当の円錐形《えんすいけい》に近い形の時計塔《とう》がある。

　もともと、携帯電話などの電波中継施設を建てる必要があったのだが、ただの鉄塔では美観を損《そこ》ねるので、シンボルタワーになるようなしゃれた建物にしてはどうかという発案から、時計塔となった。

　この時計塔の一階と二階部分には、公園管理事務所が入ることになっている。

　三階と四階にあたる部分が、携帯電話などの電波中継施設、最上部に大きなアナログ式の時計がある。

「ね、恭平」

　ひとごみに巻きこまれて流され、時計塔の横を通りながら、紗湖が恭平の手をつかんで問いかけた。

「さっきの部屋が抽選会で当たって、恭平があの部屋に引っ越したら、あたし、遊びに行ってもいい？」

　恭平の顔が赤くなる。

「……うん」

消え入りそうな声でようやく答えた。

その答えに、紗湖が恥ずかしがりながらもうれしそうに恭平の手をにぎった。恭平もその手をにぎり返した。

と、その時。

恭平と紗湖たちの前方、そう離れていない場所から、ドンという大きな音がひびいた。

「きゃあ」

「うわっ」

「なんだ？」

悲鳴がいくつもあがる。

紗湖が、恭平にすがりついてくる。

恭平は紗湖の身体《からだ》を抱きよせた。

「なに？」

「なんの音？」

西地区管理事務所と書かれたコンクリート二階建ての小さな建物のドアのすきまから、白い煙が吹き出している。

「どいて！」

恭平のわきにいたジーンズの男が、それを見るなり血相を変えて白煙《はくえん》の吹き出す管理事務所へと走った。

周囲からも、数人の男女がひとごみをかきわけて、白煙の吹き出す事務所へと走ってくる。

「さがってください。さがって！」

なにごとかと混乱する人々に、モスグリーンのスーツを着た若い女性が叫んだ。

ウイステリア・エステーツ社の関係者である藤色のスタッフジャンパーを、背広の上に着た男が、同じく背広姿だが、スタッフジャンパーはつけていない中年の男とともにあわてて走ってくる。

「中に人は？」

「いないはずです」

いかつい中年の男の問いにスタッフが答えて、ウエストポーチから鍵《かぎ》の束を取り出した。建物の鍵を開け、用心深くドアを開けて中に入る。

「さがってください。皆さん、さがって！」

何か大きな音がすると同時に、すばやく白煙の吹き出す建物へと駆けつけた数人の男女が、周囲を鋭い視線で見まわしながら、なにごとかと混乱する人たちを制した。

ドアが開けられ、そこから大量の白煙がもくもくと流れだしてきた。

いかつい男と、スタッフが警戒しながら中に入る。

「何があったの?」

「さあ?」

恭平と紗湖も足を止め、煙の吹き出す建物を見ている。

「この臭い……」

恭平は、白煙《はくえん》に混じる臭いに覚えがあった。

「何があったんです? まさか爆発?」

煙に咳《せ》きこみながら建物から出てきた二人の男たちに、人々を制していたモスグリーンのスーツの女性が聞いた。

「爆発?」

「何が爆発したの? ガス漏《も》れ?」

周囲がざわついている。

たしかに、ドンと大きな音が聞こえたことや、白煙が吹き出していることから、何かが爆発したように見えた。

「何か爆発したのか?」

そばにいた大男に詰めよられて、藤色のジャンパーを着たスタッフが口ごもる。

「いえ、あの、そう、おそらくですね」

「風船用の水素ガスだ」

スタッフのとなりにいた、背広のいかつい男が告げた。

「フェスティバルのラストに大量の風船を飛ばす予定になっていて、ここに水素ガスボンベをおいていた。そうだな？」

「あ、はい、そう、そうなんです」

いかつい男の問いかけにスタッフがあわてて答える。

「あぶねえなあ、今どき水素かよ。爆発しないヘリウムつかわねえのかよ」

やじうまの男の一人がいったことばに、スタッフは、すみません、すみませんと頭をさげた。

（ちがう……水素じゃない……）

恭平は気づいている。

「フェスティバルの終盤で大量の風船を空に飛ばすために、水素ガスボンベをここに置いていたんです。それが爆発したようです。皆さんにご迷惑をおかけしてどうもすいませんでした」

いかつい男が言うと「そう、そうなんです」と、スタッフがペコペコと頭をさげた。

「ま、まもなく次回分譲《ぶんじょう》予定のマンションのオープンルームが、か、開場します。それと同時に、次回分譲住宅の説明と申しこみが受付開始になります。皆さんそちらへ」

スタッフが、集まった人たちを追い払いたいかのように叫んでいる。

（この臭いはおそらく黒色火薬だ）

そして、あのいかつい男と爆発音を聞きつけてすぐに駆けつけた数名の男女は、警察の人間なのだろうと、恭平は思った。

と、その時、恭平の持つ通信機が呼び出しのコールを告げた。

◇

《いたずらではないとわかったか?》

電話の主はそういった。

平坦《へいたん》なしゃべり方をする抑揚《よくよう》のおかしな女の声だ。

「警部、あの声と同じです」

爆発現場から戻り、受話器をにぎるいかつい男——藤木県警の田中《たなか》警部に、部下であるジーンズ姿の刑事が耳打ちした。

田中警部がうなずく。

ここは、ウイステリア・タウンの南端。

南タウンゲート横に、フェスティバルのために臨時にもうけられた、プレハブの事務所の中である。

十二畳《じょう》ほどのスペースに、ウイステリア・エステーツ社の社長他、数名のスタッフと、県警から来た田中警部とその部下数名が詰めている。

《さっきのは被害の出ないところにしかけたけれど、次はどうなるかわからないよ》

「きみの要求をもう一度聞かせてほしい」

田中警部の問いかけの間も、電話の声は話し続ける。

《たとえば変電所のあたりとか調べてみろ》

「おい、もしもし、もしもし」

まったく一方的にしゃべるだけしゃべって電話は切れた。

逆探知はできませんでしたと、担当員が首を横に振る。

「変電所近辺をさがせ！」

田中警部の指示に、数人の刑事たちが、タウンの反対側、北タウンゲートの横にある変電所目指して事務所を飛び出していった。

◇

フェスティバル開催の一時間前のことだった。

会場に爆弾をしかけたとの脅迫《きょうはく》電話と、爆発物らしきものが宅配便で送られてきたと、ウイステリア・エステーツ社からの届け出が、藤木県警にあった。

宅配便は、宛先《あてさき》として書かれている部課名も、個人名も存在しないデタラメのものだったため、おかしいと気づいたウイステリア社の社員によってそのまま警察に持ちこまれたので、被害はなかった。

「単純な小包爆弾です。中身は手製のダイナマイトでした」

藤木県警で急遽《きゅうきょ》作られた対策本部内で、爆発物処理をした署員が、田中警部たちに説明した。

「ニトログリセリンをこの素材に吸わせて安定させ、簡単な電池式の起爆《きばく》装置をつけたものです。開封すると絶縁シールがはずれて電流が流れ、爆発するしくみです」

透明な密閉容器に入れられている小包用のダンボール箱のふたを、白手袋をした署員が開けるまねをした。ダンボールは横から穴を開けられ、すでに爆薬を取りはずされて息の根を止められている。

この爆弾は非常に重要な証拠品である。

ダンボール箱自体が特殊《とくしゅ》なものであれば、犯人を特定しやすいし、使われている部品や固定するためのテープなどから指紋《しもん》が検出されることもある。

起爆装置に使われているボタン式電池なども、流通経路がわかれば犯人へつながる。

「宛名はワープロ印刷ですね」

田中警部の部下である刑事が、白手袋をして箱にそっと触れた。

筆跡から調べられて犯人であることが知られないように、ワープロやパソコン印刷を使う犯罪が増えている。しかし、使用されているフォントやインクなどから、パソコンやプリンターを特定することは難しくない。それを手がかりに犯人をたどっていくことは充分に可能である。

「開封すれば、実際に爆発するものだったんだな？」

田中警部の問いに、署員が「はい」とうなずいた。

「これが、脅迫《きょうはく》電話の内容です」

刑事が、テープを再生させた。

『ウイステリア・エステーツ社は、今後、手抜き工事をやめて、被害者にあやまれ。あやまらないなら、爆弾で強硬手段に訴える』

抑揚《よくよう》のおかしな女の声が、しゃべっている。

故意に奇妙な話し方をして、普段の自分のくせなどが出ないようにしているのかもしれない。イントネーションやちょっとした間の取り方などで、だれなのか知られてしまうことを防ぐためだ。

だが、事件や犯罪の証拠や手がかりになる声を分析《ぶんせき》する技術は、日々進歩している。変声機を通して声質を変えたものでも、元の声の特徴などをかなりの精度で調べることができるのである。予告や脅迫電話は、それ自体が犯人への手がかりになり、証拠にもなる。

が、一人の刑事が気づいた。

「あ、これワープロソフトの合成音だ」

「ワープロソフト？」

「あの、音声入力できるワープロソフトがあって、それ、自分の声でもできるんですけど、あらかじめ登録されている音声で、自分の作った文章を読みあげさせることができるんです。

その声にそっくりなんです。作った文章をパソコンに読ませて、それを録音したんじゃないかな？」

「市販されているワープロソフトか？」

「一番売れてるやつだと思います」

多くの人が使っているのであれば、手がかりになりにくくなる。しかし、証拠であることに変わりはない。

「私たちは、手抜き工事など一切していないのです」

県警に出向いてきたウイステリア・エステーツ社社長が、刑事たちに告げる。

「ですが、来場者に危険があるのであれば、謝罪することなど本当はありませんが、謝罪会見などを行ってもよいと……」

「それはいけません」

田中警部が断言した。

「ありもしないことを謝罪しては、今後、これに類する愉快犯《ゆかいはん》が増えることにつながりかねません。我々が万全の体制で警備しますので」

かくして、田中警部率《ひき》いる県警の刑事たちが、オープニングフェスティバル会場で警備についていた。その矢先の爆発だったのである。

◇

「警部！　北タウンゲート横にある変電施設から、これが発見されました」

一人のラフな格好の若い男――彼も刑事だ、が、対策本部となっている南タウンゲート横の管理事務所で緩衝材《かんしょうざい》に包んだそれを紙袋から取り出した。

「だいじょうぶです。爆発しないように、処理しました。

構造は、さきほど、ウイステリア・エステーツ社に送りつけられたものとほぼ同じです。

ただ、起爆《きばく》装置がデジタルタイマー、これは目覚まし時計ですが、時間が来ると着火し、爆発するように作られています。開けると爆発するようにしかけられていた先ほどのものとは、この点の構造がちがいます。そしてもう一点、起爆装置が携帯電話に連動していました」

「携帯電話？」

田中警部の問いに刑事が説明を続ける。

「着信があると、バイブレーション機能で携帯が震動して動き……」

爆弾には、携帯電話がコードでつながれている。その携帯電話には、犯人がこの爆弾の構造を警察に説明するつもりなのだろう、いやみにもワープロでA4用紙に印刷された携帯電話の電話番号がつけられていた。

刑事は、自分の携帯からその番号へ電話をかけた。

と、爆弾につながれている携帯電話に着信を知らせるライトがついて、かたかたと震動し、動いた。

携帯につながれていたコードがひっぱられ、回路を遮断《しゃだん》していた絶縁シールがはずれる。電流が流れた。起爆《きばく》装置に火花が散った。

「ドカン、です」

刑事が口で言って、爆発の手真似《てまね》をした。

爆薬ははずしてあるので、爆発はしない。

「時限式の設定時刻以前にも任意で爆発させることが可能です」

と、事務所の電話がなった。

一気に緊張が走る。

電話機につけられた赤いランプが点灯しているのは、この電話がウイステリア・エステーツ社から転送されてきたものであることをしらせている。

五回、コールをならしてから田中警部が受話器をあげた。
《爆弾、みつけたみたいだね》
ワープロソフトが読みあげる声だ。
「ああ、みつけた」
《構造を見てわかったろう?》
田中警部に返答にはなんの反応も示さず、淡々と声が一方的に話し続ける。
《いつでもこっちは好きな時に爆発させられるんだよ。それにむだだよ、会場にいる人間を避難させても》
「なぜだ?」
《爆弾は設置されているだけじゃなく、俺たちが持って歩いているのもある》
そこにいた全員が息を呑《の》んだ。
《あんたたちが妙な動きをすれば、すぐに爆発させる。遅くとも午後一時までには全部を爆発させるよ。早く謝罪会見を開くことだ》
「自分も爆発に巻きこまれるぞ」
《それぐらいわかっている。自爆も含めて必ず爆発させる。警告はしたからね》
「おい!　もしもし!　もしもし」
怒鳴る警部の手の中で受話器がツーツーという発信音を立てている。

「これと同じ構造のものがしかけられているなら、遠隔《えんかく》操作で爆発させることも可能です。あるいは爆発物を持って移動している人間が、直接、自分の持つ爆弾にスイッチを入れるのかもしれません」

「切りやがった」

一人の刑事が、携帯電話につながれている爆弾を前にして青ざめている。

「犯人は、『俺たち』といった。複数犯ということか？」

「徹底的に洗え！」田中警部が檄《げき》を飛ばした。

「会場内を全部さがすんだ。警察が動いていることを悟られないようにだ。

それと、犯人からまた電話があったら、すぐ俺に連絡しろ！」

そういって田中警部も、会場にしかけられているという、また爆弾を持って歩いている犯人と犯人の仲間をさがすため、事務所を飛び出した。

しかし、それきり、犯人からの連絡は途絶えてしまったのだった。

9　水城財閥総帥、水城祐二

「なんの音、携帯？」

通信機のコールを紗湖《さと》が聞きつけた。

「あ、これ、その、携帯。ちょっとかけてくる」

「携帯？　恭平《きょうへい》、持ってた？」

「いや、これ友達から借りてて……ちょっとかけてくる」

恭平は、てきとうにはぐらかして紗湖から離れた。

内容を聞かれるわけにはいかない。

円形の公園、その遊歩道を歩く人の流れを抜け、恭平はポケットから取り出した小指ほどの大きさの小さな勾玉《まがだま》型の通信機を、右の耳殻《じかく》に沿ってかぶせて装着し、スイッチを入れた。

《出動だ》

眼前の仮想ディスプレイに、半透明で向こうが透けて見える水城《みずき》財閥《ざいばつ》私設特殊救助隊指揮《しき》官《かん》、綺堂黎《きどうれい》の胸像が投影される。

この映像は恭平の位置からだけ見えるよう調整されている。角度のちがう位置にいる人や向かいや横にいる人の目には映らない。

恭平の眼前に映像が投影されていることに、だれも気づかない。

「ウイステリア・タウンの爆発のことですか？」

恭平は黎の先手を打って告げた。

《その通りだ。カンがいいな》

ディスプレイの黎が不敵に笑った。

◇

「なんだ」

突然、ノックもせずに執務室に入ってきた秘書を、水城財閥総帥《ざいばつそうすい》、水城祐二《ゆうじ》は、デスクで書類に向けていた視線を不快なものに変えてにらんだ。

「総帥にはつまらないこととは存じますが」

ニヤニヤ笑いながら、祐二の第一秘書でもある黎が、嫌みなほど丁寧《ていねい》なことばづかいで、話しかけてくる。

「とあることが、おもしろい事態になってきたので、私設特殊救助隊の出動をお許し願えますでしょうか？」

「おもしろいこと？」

「そうです。救助隊の出動で、さらにおもしろい結果を引き出せそうなのですよ」

「どういうことだ？」

「話せば長くなりますし、総師のお手を煩《わずら》わせるほどのことでもありませんので、出動命令だけいただければと」

「理由を聞かなくては出動命令は出せない」

きつい口調の祐二に、黎は、やれやれ、子供は扱いにくいとでもいった感じで、肩をすくめた。

「藤木《ふじき》県警から、協力要請があったのです」

「なんのだ」

黎はわざと細かく説明せずに、祐二を焦《じ》らして楽しんでいる。

ここでいらだちを露わにしたら、バカにされるのが落ちだ。祐二はつとめて冷静な声で聞き返した。

「ウイステリア・タウンのオープニングフェスティバル会場に爆弾をしかけたとの予告が、ウイステリア・エステーツ社にあり、警察が警備に入りましたが、先ほど会場で、しかけられていた爆弾が爆発しました」

「被害があったのか？」

「いえ、まだ使われていない管理事務所のひとつが破壊されただけです。規模の小さい爆発で、犯人が本気であることをアピールするための単なるデモンストレーションのようでした。が、警察では、犯人を特定できずにいます。

現在、会場には四万人近い人たちがいて、今後の爆発状況次第では大きな被害が予測されるとのことで、今後予測されうる爆発を未然に防いでほしいと、警察の上層部から協力要請があったのです」

「爆弾さがしか？」

「まあそんなものです」

「おまえは、公的機関の要請は受けないと言っていなかったか？」

「時と場合によります」

(警察からの要請があったというのはうそだな……)

祐二は、黎のことばはうそであると考えている。それぐらいのうそは、平気でつく男なのだ、この秘書は。

「さっき、おまえは、『おもしろいことになってきた』といった。なにが『おもしろい』のだ？」

祐二の声には、怒りがある。

ことは爆弾事件である。黎のことばは不謹慎《ふきんしん》きわまりない。

「説明すると長くなります。爆発は一分一秒を争う状況です。説明している時間も惜しい。私を信じて、ご許可を」

そう言って黎はうすいくちびるをつりあげて笑う。

（どういうつもりだ……？）

説明する暇《ひま》が惜しいわけではなかろう。持ってまわった言い方をしているぐらいなのだから。

黎は何かを隠している。何かをたくらんでいるのだ。

綺堂黎は、世の中を、まっすぐ歩んでいる種類の人間ではない。むしろ、その逆だ。世間の裏の部分や暗い場所を知り、それを利用して渡り歩いている人間なのだ。

だが、手腕は信じていいと祐二は思っている。

半年前、藤木市を震災が襲った時の黎の指揮《しき》は見事だった。

手放しでは認めたくないことだが、世の中の裏側を知り、利用できる人間であったからこそ、多くの命が救われることとなった。

だから、なおさらわからない。

不謹慎《ふきんしん》なことばを吐く、この秘書の本心が。

「わかった」

祐二は、半分あきらめのため息をつきながら承認した。

「水城財閥《ざいばつ》私設特殊救助隊の出動を許可する。が、経過を随時《ずいじ》私に報告せよ」

「それはもちろん」

またしても黎があざけるように笑った。

おそらく黎にとって都合の良い部分だけの報告しかないだろう。

「では」

黎が、水城財閥本部ビル最上階、百三十階にある総帥《そうすい》執務室を退出した直後。重厚な祐二のデスクの上に、ホログラムによる仮想ディスプレイ影像が投影された。

隣室の黎の執務室で、水城財閥私設特殊救助隊隊員たちへの出動要請と、説明が開始されたのである。そのようすを、黎が、祐二の部屋にもモニターしているのだ。

――わたしは諸君に希望する。

――諸君の救助を待つ要救助者を救い出せ。

――いかに絶望的な状況下であろうとも、諸君の全力をもって救い出せ。

ウイステリア・タウンの爆弾事件に関して、黎が選抜した隊員は三名。

爆発物処理エキスパートの海藤美紀《かいどうみき》。

その補佐として神野《じんの》真《しん》。

そして鷹森《たかもり》恭平。

黎が三人に状況説明する間、背後に流れることばは、祐二が語るものである。

祐二は、過去に、自分のミスによる海難《かいなん》事故によって、最愛の兄を亡くした。その想いが祐二に、

——諸君は、救助において卓越《たくえつ》した能力ありと選び抜かれた者ばかりである。

——諸君にはその力がある。

——まちがいなくある。

——特殊救助隊隊員としての自信を持て。

——自らの力を信じよ。

——要救助者は諸君からさしのべられる手を待っている。

——死の恐怖と絶望の中で待っている。

——要救助者の断ち切られかけた未来を、明日へつなぐために救い出せ。

——必ずや救い出せ。


と語らせる。

愛する人を失い、悲しむ者がないようにと。

そして、また祐二は、ただ一人天涯《てんがい》孤独の身となった自分の悲しみから、残された者を悲しませるなと訴える。


――そして、わたしは諸君に切望する。

――救助に向かった諸君が生きて戻ることを。

――諸君が、他者の生命や安全と引き替えに命を落とすことは許されない。

――決して許されない。

――万一の諸君の死は、たすけられた者の心に重荷となって残るだろう。

――諸君を愛する者たちの中に悲しみとなって残るだろう。

――その痛みを思え。

――特殊救助隊隊員である諸君は、そのような痛みを要救助者に、

――また諸君を愛する者たちに与えてはならない。

――与えることを許されない。


祐二は、以前、黎に指摘されたことがある。

「水城財閥《ざいばつ》私設特殊救助隊は、あなたが肉親を失ったことへの悲しみという自分勝手なエゴイ

ズムから、自己満足のために作った救助隊に過ぎない」と。

(その通りかもしれない)と祐二は思う。

失った兄のかわりに、だれかをたすけることで、満足しようとしているのかもしれない。

だれかをたすけることで、自分の罪をつぐなおうとしているのかもしれない。

だが、今の祐二の気持ち、いや覚悟は、そんなことだけではない。

水城財閥私設特殊救助隊は、いままで多くの命をたしかに救ってきたのだ。

もはや、自己満足のためだけの存在ではなくなったと祐二は感じる。

正直、祐二には、だれかを救うために恭平たち隊員を危険にあわせることへのためらいがある。しかし、救いの手を待つ人々がいることもたしかだ。

だからこそ、祐二は祈りもこめて語るのだ。


――ゆえに、わたしは諸君に切望する。

――いかなる状況からも生きて戻ることを。

――いかなる状況下からも、すべての要救助者を、そして諸君自身を救い出せ。

――これは命令である。

――諸君は必ず生きて戻らなければならない。

――くりかえすがこれは命令である。

——要救助者を救助ののち、必ずや生還せよ。

——必ずや生還せよ。

そして、また、以前に、黎は祐二に言い放った。

「私が救助隊を使うならば、あなたのエゴになど関わらない有意義な使い方をしてみせる」

と。

「お手並み拝見させてもらおう」

そうつぶやいて見入る仮想ディスプレイの中で、恭平たち隊員が黎の指示を受けて散開した。

10　気づいて！

「んもー、どこいっちゃったのよ！」

紗湖《さこ》は、ひとごみをかきわけて、ずんずんと歩き、ときおり立ち止まっては、あたりを見まわして恭平《きょうへい》の姿をさがしている。

「ちょっと……、あの、そう、ト、トイレ」

携帯電話とやらを受けた後、恭平はそう言って、紗湖とわかれたきり、どこかに消えてしまった。

しばらく紗湖は、恭平が向かったらしきパークの東側にある公園東管理事務所のトイレの近くで待っていたが、なかなか出てこない。

さすがに男子トイレに入るわけにはいかなくて、女子トイレのあたりで、ちらちら横目でようすをうかがっていたのだが、いつまで経っても出てこない。

で、思い切って、男子トイレから出てきた小さい男の子をつれた若い父親にたずねてみたのだ。さすがに、自分と同じくらいの男子と、スケベそうな中年オヤジには聞けなかった。

「すみません、つれがなかなか出てこないんですけど、中に高校生ぐらいの人、いませんでした？」

「いや、ぼくらの他はだれもいなかったようだけど……」

「いなきゃったようらけろぅ」

小さな男の子まで、父親のまねをして答えてくれる。

「どーも、ありがとうございました」

礼をいうなり紗湖は、ズカズカと歩き出した。

（きょーへー！　あたしといるのがイヤ!?）

というわけで、心の内で悪態をつきながら、紗湖は恭平をさがしているのである。

（男子トイレ、横目で見るの、恥ずかしかったんだからね！　もう、死ぬほど！）

横目でうかがう紗湖に、男子トイレを出てきた何人かの男性が、ビビっていたというか、驚いていたというか、なんだこの女という目で見られたというか。

「バカ恭平！」

怒りの勢いにのせて、ずむっと、拳を繰り出し、たまたま目の前にあった銀杏《いちょう》の木をブッたたく。

木が揺れて、葉がひらひらと何枚か舞い落ちてきた。

あたりの視線が集中していることに気づいて、紗湖が我に返る。

「あ、あたしったらやーね、もう」

いいながら一目散にその場を逃げ出した。

(もー、これも全部、恭平のせい！)

ムカムカ。

「あ、あれ？」

もしかしたらトイレのあたりにいるのかもしれないと、もう一度戻ってきた紗湖の目に、見知った顔が飛びこんできた。

「あれ、たしか一年の……桜沢《さくらざわ》さん？」

紗湖と同じ生活委員の桜沢千絵《ちえ》だ。いつも持っている大きなトートバッグを肩にかついで、トイレから出てきた。片手に携帯電話を持ったまま。

「桜沢さーん！」

声をかけたら、千絵がびくっとして紗湖の方を向いた。

(あ、声かけちゃ、マズかったかも……)

千絵のメガネの中にある目が、真っ赤だったのだ。

(泣いてたんだ……)

紗湖にも覚えがあるから、わかる。

泣いたあとの真っ赤な目をした自分って、だれにも見せたくない。見た目が良くないからとかじゃなくて、泣いていたってことを知られるのが、すごくいやだ。

もしかして、千絵は顔見知りの紗湖を避けて逃げるのではないかと思ったが、なぜか、ひとごみをかきわけて、まっすぐ紗湖へと向かってくる。だれと話しているのか、携帯電話を耳にあてたまま。

(なんで、こんなとこで泣いてんの?)

疑問だったが、聞いてはならないことだと思った。

「あ、こんなとこで会うなんて、奇遇《きぐう》だね」

できるだけ明るく声をかけた。

「七瀬《ななせ》先輩……」

消え入りそうな千絵の声。

「この間はありがとうございました。こ、これ、あの時のお礼です」

「え?　なんのこと?」

礼をいわれるようなことをした覚えがない。

と、千絵が紗湖の手に何かをにぎらせた。

「今日は急いでいますので、これで」

言って、小走りに紗湖のわきを通りすぎる。

「これ、何?」

渡されたものがなんなのかと問いかけようとした時、すでに千絵の姿は雑踏《ざっとう》の中に消えていた。

「何？　これ？」

紗湖は手にあるものを見た。

小さなパンダのあみぐるみだ。

千絵があみぐるみにハマっていることは、紗湖ならずとも知っている。なんでも千絵の部屋は、ベッドの上まで寝るスペースもないほど、あみぐるみズに埋め尽くされているらしい。で、特によくできたお気に入りのものを、誕生日のプレゼントに添えてとか、ちょっとしたお礼に配るらしい。

千絵の隠れファンの男子の間では、千絵作のあみぐるみがブームを呼んでいて、高値で取り引きされているらしい。

何かのお礼として「ありがとう」のことばとともに、直接千絵から手渡されたあみぐるみについては、隠れファンの男子の間で争奪戦が起きるほどのプレミアがついていると聞く。隠れファンの男子が少なくないことも、千絵自身はまったく知らないらしいが。

しかし、紗湖は礼をいわれるようなことをした覚えがない。

「あれ？」

よく見れば、パンダの背中が切れていて、中から何かがのぞいている。

つまんで引っ張り出した。

トイレの横におかれているアンケート用紙の裏に書かれた小さなメモだった。

——鳴瀬くんをたすけて、爆弾を持たされてる。私も。警察に知らせて。

走り書きなのだろう。いつもは几帳面《きちょうめん》な文字を書く千絵なのに、これはひどく乱れていて読みづらい。が、たしかにそう書かれているのが読める。

「爆弾!?」

その文字に、どきりとする。

「でも、爆弾なんてどうして持ってるの？　鳴瀬くんをたすける？　どういう意味」

(もしかして、あたし、かつがれてんのかな？　でも、桜沢さんはこういう悪ふざけするコじゃないし？)

紗湖は、しばらく何かを考えていたが、急に千絵の姿をさがして走りだした。

11 人質

ウイステリア・タウンのオープニングフェスティバル当日。今日の朝。

千絵《ちえ》は、急に尾館《おだて》にマンションへと呼び出された。

「皓二《こうじ》くんも来ているから」と通された部屋に、皓二の姿はなかった。

「鳴瀬《なるせ》くんは？」と問いかける千絵に、尾館は何も言わず車いすを動かして、棚《たな》からひとつの、包みをとった。

「やっぱり、ぼくはどうしても許すことができないんだ。だから、きみにはこれを持って歩いてほしい」

そういって尾館は紙袋に入った何かを、千絵の前にそっと置いた。

「な、なんですか？　これ？」

「爆弾だ」

きょとんとした千絵が、次の瞬間、真っ青になった。

「爆弾!?」

「そうだ。ぼくはどうしても許すことができないんだよ。今日、オープニングフェスティバルが開かれるウイステリア・タウンで分譲《ぶんじょう》されるマンションには、欠陥《けっかん》があるんだ。

今はいい、が、また地震が来たら、いや、何年かが過ぎてマンションの劣化が進んだら、人に被害が出るにちがいない。なにより、そんないいかげんな建物を売ることが許せない。だから」

尾館は、紙袋の中を開けて千絵に見せた。

怯《おび》えながらも、千絵はのぞきこむ。

英和辞典二冊分ほどの大きさのピンクのプラスチックケースから、からまりあった何本もの配線がガムテープでカンペンケースのようなものにつながれていた。

尾館は、あきらめていなかったのだ。

「ウイステリア・タウンの違法建築マンションの弱い部分、もちろん人がだれもいないところにこの爆弾をしかけて、小さな爆発を起こし、建物の弱い部分を破壊して、いかにウイステリア・エステーツ社の建物がいいかげんなものであるか、人々に教えたいんだ。

爆発が起これば、警察が調べに入る。そうすれば、違法建築であることを皆に気づいてもらえるだろう」

「でも、でも、爆破なんて悪いことです。それに、もし、けがする人が出たりしたら……」

「建物の一部を破壊するだけで、人にはだれも被害が出ないようにするよ。それに、悪いことだというのはぼくにもわかっている。でも、これしかないんだ、もうぼくには考えられないんだ」

そういって尾館はテーブルの上にうなだれた。

「尾館さん……」

尾館は思い詰めているのだと、千絵は思った。

「ぼくはこの足だ。ひとごみの中での移動は困難だし、人の被害がないところにまでしかけに行くこともできない。やってくれないか。頼む。きみたちにめいわくがかからないようにする。あとでぼくがしかけたものと警察に自首するつもりだ。だから、頼む」

尾館が、頭をさげた。

「尾館さん……でも、私、できません。いけないことだと思います。ごめんなさい」

「いや、きみはやるんだ」

うつむいたままの尾館の声色が、どこか邪悪《じゃあく》さを含んだものに変わった。

「きみはやらなければならないんだ」

千絵を見た尾館の顔は笑っていた。

ぞっとするような笑みだ。

「でも、私……」

「やるんだ」強く、尾館は千絵のことばをさえぎった。

「きみがやらないと、鳴瀬くんがたいへんなことになる」

「え？」

「鳴瀬くんにも、すでにこの爆弾を持ってもらっているんだ。鳴瀬くんは、ぼくの意見に賛成してくれたから」

「鳴瀬くんが？」

意外だった。

「そう、そしてこの爆弾は、ぼくの意志で、いつでも爆発させることができる」

不敵に笑う尾館の意図を、千絵は理解することができない。

「この爆弾は、ぼくの遠隔《えんかく》操作でいつでも好きな時に爆発させることができるんだよ。見てごらん」

尾館が示す先。テーブルの上に消しゴムぐらいの小さなプラスチック容器が置いてあった。それには、千絵の前にあるものと同じく、いくつものコードが伸びるカンペンケースがつながれている。

「これを押すと」

尾館は机の引き出しから小さなリモコンを取り出し、ボタンを押した。

「きゃっ！」

とたんに、ボンと音をたててプラスチックケースが破裂《はれつ》した。いや、爆発したのだ。

細かなプラスチックの破片が、顔を覆《おお》った千絵の手にいくつかとんできた。

「鳴瀬くんが持つ爆弾は、もちろんこれの何十倍、いや、何百倍もの威力がある。もし、きみが引き受けてくれなければ、鳴瀬くんの持つ爆弾がすぐにでも爆発することになる。そうなれば、鳴瀬くんは無事ではいられないだろう。

どうする？　運んでくれるかい？　桜沢《さくらざわ》さん？」

優しい口調ではあるが、あきらかなその脅迫《きょうはく》に、千絵は、震えながらうなずくことしかできなかった。

◇

(悪い人じゃないんだ。悪い人なんかじゃない)

千絵はそう思いたい。

尾館は思い詰めるあまりに、こんなことを千絵にさせているのだ。

だから絶対に、皓二の持っている爆弾を爆発させたりしないはずだ。だれも傷つけたりするはずがない。そう信じたい。

千絵は、いつも手芸道具を入れている大きなトートバッグの中身を全部出させられて、かわりに紙袋に入った爆弾を入れさせられた。そして、今、ウイステリア・タウンのオープニングフェスティバル会場のひとごみの中を歩いている。

尾館が見せた、ぞっとするような笑いが、千絵を不安にさせている。

尾館は、思い詰めすぎて、一時的に冷静さを失っているだけなのだと信じたかった。

(鳴瀬くん、どこにいるんだろ？)

《きょろきょろするな、まっすぐ歩け》

耳にあてている携帯電話から尾館の指示が聞こえる。持たされたこの携帯電話が常に通話の状態になっているのだ。

しかも、どこからか千絵を監視しているらしい。

(鳴瀬くん……)

千絵は、携帯電話を耳にあて、泣き出しそうになりながら、尾館の指示通りに動くしかなかった。

◇

「計画通りです」

千絵に爆弾を持たせて送り出したあと、尾館は自分の足でなんの支障もなく歩き、このウイステリア・タウンの西側、今日は公開される予定がなく立入禁止になっているマンションの最上階十五階にある一室に来た。

ここから双眼鏡を使えば、ほとんどの場所を見ることができる。

しかも、タウン全体を管理する西管理事務所のモニターからの影像を、途中のケーブルから拝借《はいしゃく》しているので、この部屋にいればタウン全体のようすを、苦労せずに知ることができるのだ。

セントラルパークの時計塔《とけいとう》横を通りすぎた千絵のようすを双眼鏡で追いながら、尾館はベランダに立ち、何者かと携帯電話で話をしている。

「ガキどもは、予定通り、でっちあげの話にまんまとのってくれてますよ。

さすがに爆破の話を切りだしたら、怖じ気づいてやがりましたが。

ええ、……どうにでもできます、というか、うまい具合にだまして運ばせてますよ。ええ、予定通りに。それでは、また」

笑いながら電話を切る尾館は、腕時計を見て、

「あと一時間五分」とつぶやいた。

◇

《止まるな。歩け、まっすぐだ》

携帯電話から尾館の声が怒鳴る。

自分が爆弾を持たされている事実に、足がすくんでしまった千絵は、泣き出しそうになりながらも、なんとか歩き出した。

「どうして、どうして、こんなこと……」

《黙って歩け！　しゃべるんじゃない》

怒鳴られ、千絵はくちびるをかむ。

（鳴瀬くん）

皓二も同じ想いをしているのだと思うと、なおさらつらくなった。

（人のいないところに爆弾を置いて、だれかにたすけを求めたら……だめ！）

そんなことをしたら、千絵はたすかっても、皓二の持つ爆弾を爆発させられてしまうかもしれない。

にぎわう人々の中、わたあめの屋台のわきを通りすぎ、このタウンのシンボルである時計塔《とけいとう》の前にさしかかった時、ついに、千絵の目から涙がぽろぽろとこぼれた。

「どうしたの？」

千絵の進む先。ベンチに腰をおろしていた中年女性が、泣いている千絵に気づき、立ちあがって千絵の肩に手を置いた。

「何かあったの？」

世話好きそうな女性だった。千絵のことが気にかかるのだろう。

「あ……」

(近づかないで。もし、爆発したら、巻き添えになっちゃう。でもでも、何か、この人に伝えることができれば……)

心配そうに女性が、千絵の顔をのぞきこんでいる。

「あ、あの私……」

《立ち止まるな。通りすぎろ。よけいなことをしゃべれば、鳴瀬のを爆発させる》

「あ……」

言いかけた千絵の目から、さらに大粒の涙がこぼれた。

「まあ、どうしたの？　あなた、何かわけがあるのね？」

「あ、あの、私、目が、そう、か、花粉症で……ごめんなさい」

千絵は、走りだした。

(なんとかして、なんとかして、だれかに伝えなきゃ)

走っている間も、涙は止まらない。

通りすぎる人が、皆、不審の目を向けている。

(でも、鳴瀬くんが……)

《泣きやめ。あやしまれる》
「止まらないんです」
泣きやめといわれても、止められない。
《泣きやまないと爆発させるぞ》
千絵は芝生《しばふ》の上に立ち止まり、必死に涙をこらえる。
「うっ、ぐっ。うぐっ」
《泣くんじゃない！》
涙をこらえればこらえるほど、くしゃくしゃの顔になっているのが自分でもわかった。
まわりにいる人たちが、携帯電話を耳にあてたまま泣いている千絵を見て、驚いている。
《泣きやめ！》
「無理……です」
《……わかった、……トイレに入れ。そのままじゃ、目立ちすぎだ。その先の管理事務所の横にトイレがある。そこで顔でも洗え》
芝生のはずれに、見慣れたマークのついた小さな建物があった。
千絵はそこに駆けこみ、トイレの個室に入って、思いっきり泣いた。
《声はたてるな》
言われて、必死に声は殺して泣いた。

《泣きやんで、早く出ろ。鳴瀬がどうなってもいいのか》

（鳴瀬くん！）

皓二を思ってこらえた。

（だれかに、だれかにしらせなきゃ）

でもどうやって？

あることを思いついて、千絵はそっとトートバッグの中をのぞいた。手を中に入れ、そこにある紙袋に手を入れ持ちあげる仕草をする。

《泣きやんだか？》

（見えてない？）

もし、今の動作を尾館がどこからか見ているのなら、何か言うはずだと思ったが、それがない。

さすがに、トイレの中までは監視の目が届いていないらしい。

《まだ泣いてるのか？》

尾館の口調は質問のそれだ。千絵の状態が見えていないのだ。

「まだ、まだです……」

千絵は涙声で、そっとトイレを出た。

このまま、ここに爆弾を置いて逃げたかったが、皓二のために必死に耐える。

そして、トイレのそばに設置されている「ウイステリア・タウンについてご意見ください」と書かれたアンケート用紙と筆記具に手を伸ばした。

《まだか？》

尾館には、見えていないらしい。

《いいかげんに出てこい。でないと爆発させるぞ！》

千絵はすばやくアンケート用紙に筆記具を走らせるとそれをトートバッグに押しこんだ。

《出ろ、出てこい！》

赤い目のままトイレを出た千絵の手には、トートバッグにつけられていて、唯一、尾館にうばわれずにすんだもの——千絵お手製のパンダのあみぐるみがにぎられていた。

◇

「現在、会場全体に約四万人がいます」

南タウンゲートわきに設置されたフェスティバル管理事務所兼、警察の対策本部で、刑事が言った。

「ちょっとしたテーマパーク並の人出ですね」

「どうしますか？」もう一人の刑事が、上司である田中警部に問う。

「爆弾がしかけられていることを素直にアナウンスすれば、来場者にパニックが起きます。爆弾のことを伏せるにしても、これだけの人数を避難させるとなると、かなりの時間が必要になりますね」

「イベント会場の移動ということで、来場者を安全なところまで誘導したらどうですか？」

「来場者の中に、爆弾を持った犯人たちが紛《まぎ》れこんでいるらしい。誘導した人々の中に犯人がいればどうにもならん」

「本気ですかね？」

「何がだ？」

「爆弾を持っている犯人は、爆発させれば自分も危険ですよ。そんなことをするでしょうか？」

　しばらく何かを考えて沈黙していた田中警部が、ゆっくりと口を開いた。

「数週間前に起きた藤木市のマンション倒壊事故。あれは何者かが、爆弾を持って現場に赴《おもむ》き自爆したためのものだったとの報告が来ている。瀕死《ひんし》の重傷でたすけ出された男が、爆弾をしかけた張本人《ちょうほんにん》で、死ぬ直前に、ウイステリア・エステーツ社の悪事を世に知らしめるためなら自分は死んでもいいと思ってやったと語った。

　今回の犯人が、そいつと同じでないとは言えない」

　刑事たちはことばを失った。

「それじゃ……」

「どうすればいいんですか」

「爆弾を持っている人物、あるいは犯人の仲間とおぼしき不審な人物をさがすしか手はないだろう」

四万人以上いる人の中から、なんの手がかりもなく。

絶望的な状況であった。

◇

「桜沢さーん！」

トイレを出たところで、千絵は声をかけられた。

「七瀬《ななせ》先輩」

清陵《せいりょう》学園の先輩で、千絵と同じ生活委員でもある七瀬紗湖《さこ》が、千絵をみつけて手を振っていた。

（七瀬先輩なら……）

《おまえに手を振っているのはだれだ？》

トイレを出たとたん、携帯電話を通じて、尾館が聞いてきた。

見られているのだ。

「が、学校の先輩です」

《てきとうにはぐらかせ》

「あ、こんなとこで会うなんて、奇遇《きぐう》だね」

紗湖が声をかけてくる。

泣いている千絵を不審に思っているようだ。千絵は、手に持つあみぐるみをぐっとにぎりしめた。

「七瀬先輩……」

(何か、何か理由をつけて、これを七瀬先輩に渡さなくちゃ……)

尾館に気づかれないようなうそをついて。

「この間はありがとうございました。こ、これ、あの時のお礼です」

「え？　なんのこと？」

パンダのあみぐるみをむりやり手渡した。

紗湖がきょとんとしている。

「今日は急いでいますので、これで」

そう言って、千絵は逃げるようにして、ひとごみにまぎれこんだ。

《よし、変なまねはしていないだろうな？》

尾館が声をかけてくる。

見られてはいるが、気づかれてはいないようだ。

あのあみぐるみの背を切って、アンケートの裏にメモしたものを中に入れたのだ。

(お願い、気づいて七瀬先輩)

中のメモに。

(七瀬先輩に会えてよかった。全然知らない人に渡しても、いたずらだと思われて、捨てられたかもしれない)

尾館に聞かれているから、話すことはできなかった。

(七瀬先輩、お願い……気づいて)

《よし、そのまま、セントラルパークの遊歩道を右に向かって歩け》

千絵は祈りながら、尾館の指示に従い、歩き続けた。

12　出動要請

「俺、本当は、おまえのこと好きでもなんでもないんだ」

突然、リビングのソファに座ったままの神野《じんの》が、キッチンでコーヒーを淹《い》れている美紀《みき》の背に向けて言った。

ここは美紀のマンション。

今日は美紀がオフなので、休日の朝をいっしょに過ごしている。

「……あら、そう」

手を休めずに、美紀は淡々と返した。

「ただちょっとばかり美人だから、つきあってやっただけで」

まるで、神野自身に言い聞かせているような口調である。

神野は、半年前、暮崎《くれさき》という水城《みずき》財閥《ざいばつ》私設特殊救助隊の前指揮官《ぜんしきかん》に、あることを告げられた。

その時が来るまで自然に振る舞うように、また水城財閥に何か動きがあったなら伝えるよう、言いわたされているのである。

それらを含めて、その時、告げられたことのすべてを、一切口外してはならないと、神野は、半ば脅迫《きょうはく》の形で念を押されている。

もとより、その事実が、神野にとっても意外すぎて、口外する気になどなれない。

そして、もしかしたら、その時が来てしまったなら、あるいは美紀を傷つけることになるかもしれない、と神野は考えている。

その想いから神野は、美紀を遠ざけようと試みているのだ。

だが、美紀は振り返ることなく、微笑を浮かべて問い返した。

「わたしに嫌われようとしてるのね。どうして、嫌われたいの？　嫌われたい理由ってなんなの？」

神野は何も言い返せない。いいわけを考える時のくせで、指で自分のくちびるをなぞりはじめた。

「何をしようとしているの？」

神野は美紀の方を見ずに、くちびるに触れ続けている。

「わたしには言えないことなの？」

やはり無言。

「……そういえば、紗湖《さこ》ちゃんの記憶なんだけど」

美紀は、カップに熱いコーヒーをそそぎ、神野の前に置いてとなりに座ると、話題を転じた。

「本当には失っていないのかもしれないわね」

「……狂言……なのか？」

驚いて神野が問う。

「紗湖ちゃんがお芝居をしているのかどうかはわからない。恭平《きょうへい》くんの気持ちを察して、でも紗湖ちゃん自身の気持ちでは納得がいかなくて、それで忘れたいことだけを本当に忘れてしまったのかもしれない」

しばらく、二人の間に沈黙が流れた。

「女ってね」

コーヒーカップを手で包んで、ぽつりと美紀が言った。

「自分が置いて行かれそうな時って敏感になるの。隠してもわかるのよ」

そのことばに、神野の心臓が脈打つ。

「わたしのこと、本当に嫌い？」

「ああ」

歯切れの悪い返事だと、神野は自分でも思う。

「うそつきね。あなた、うぬぼれてるでしょ？　わたしがあなたのことを好きだと思ってるでしょ？」

ちがうのか？　と神野が一瞬不安そうに美紀を見た。

「ほら、うそつき」

美紀が笑う。

神野は、つい本心を出してしまったと苦い表情になる。

「うぬぼれていていいわ。それで正解なんだから。それに、わたしもうぬぼれてるから」

美紀がキスをねだると、神野も自分をあざむくことをあきらめて、こばむことなく受け入れた。

（だめか……）

美紀に看破《かんぱ》された神野は、その腕に強く抱いたままソファの上に押し倒したと。

ポケットに入れていた水城財閥《ざいばつ》私設特殊救助隊の通信機が呼び出しの電子音を立てた。

「……って、これからって時に、またかよ」

神野が、残念さと、あきらめと、怒りと、情けなさの混じる複雑な表情をしながら、うらめしそうに通信機を取り出した。

◇

《これらの人物を会場からさがしだし、爆弾を解体、および保護しろ》

水城財閥私設特殊救助隊指揮官、綺堂黎《きどうれい》のことばとともに、数人の男女の映像が右耳に着けている通信機によって眼前に投影された。

《このうちの数人、あるいは全員が爆発物を持たされて、ウイステリア・タウン内を移動させられていると思われる。

また、彼らは何者かによる監視を受けていると思われる。下手《へた》な接触を試みると、携帯電話の着信を利用した起爆装置によって遠隔《えんかく》操作で爆発させられる怖れがある。

監視者の目の届かない場所で爆弾の解体、もしくは回収、目標の保護をしろ》

「あれ？」

恭平が思わず声をあげた。

リストアップされた数人のうち、男女二人に見覚えがあったのだ。その二人のプロフィールを照会する。

鳴瀬《なるせ》皓二《こうじ》、桜沢千絵《さくらざわちえ》。

二人とも、恭平と同じ清陵《せいりょう》学園高等部の生徒だ。

特に桜沢千絵は、紗湖がやっている生活委員会の後輩で、紗湖から「ヘンなところもあるけど、かわいいコ」と、ときおり話を聞かされている。

恭平が、ひとごみの中で周囲を見まわす。

と、短い電子音が通信機から聞こえ、投影される半透明の画像のひとつがクローズアップになった。

画像だけを頼りに、歩けば肩が触れ合うようなひとごみの中で、会ったことのない人間をさがしだすのは、非常に難しいことである。

そこで、捜索を補助するために、視野に入った人物の風貌《ふうぼう》の特徴を瞬時に分析《ぶんせき》し、黎の提供する人物たちのいずれかと特徴が一致、あるいは似ている人物がいた場合、電子音と仮想ディスプレイを透かして見る人物に赤いマーキングを施《ほどこ》す機能が付帯《ふたい》されているのである。

恭平は、今、眼前を通りすぎつつある赤い×印の明滅によって示される男と、黎からのデータによる人物との特徴を、仮想ディスプレイ上で比較した。

(ちがう……)

面長《おもなが》の顔立ちと髪型はよく似てはいるが、別人である。

「警察のデータでは、爆弾を持ってタウン内を移動している人物の特定には、まだ至ってませんよね」

通信機を通じて、さらに、警察の持つ最新情報を検索していた恭平が、黎に問う。

恭平たち水城財閥《ざいばつ》私設特殊救助隊隊員は、警察や関係機関などの情報をも得ることができる。

警察などから情報提供されたものである場合もあるし、指揮官《しきかん》である黎が何らかの形でむりやりに得てきたものである場合もある。

水城財閥私設特殊救助隊は、総帥《そうすい》、水城祐二《ゆうじ》が私的に編制したものではあるが、その活動と実績から、存在を知る公的機関に、その機関の一部となることや、支援などを期待されることがある。

が、黎は、水城財閥私設特殊救助隊が公《おおやけ》の組織に組み入れられることがあってはならない、と考えているらしい。

機動性とより柔軟な対応を確保するために、自由な存在でなければならないと。

ゆえに、公的機関からこころよく情報を提供してもらえる場合ばかりではない。

そのような時は、黎が、個人的にいろいろな手段をもって情報を仕入れてくるらしい。

また、水城財閥の持つ情報網《もう》を使い、警察さえつかんでいない事実を手にする場合も多いのだ。

《私が独自に得た情報だ》

黎が答えた。

《また、九十パーセント以上の確率で、タウン内にまだ発見されていない爆弾がひとつ、しか

けられている。それの発見、処理にも努めろ》
《なぜ、そんなことがわかる?》
神野の不審の声と画像が、通信機の音声と画面にわりこんでくる。
《まさか、おまえが爆弾をしかけたから、なんじゃないだろうな?》
《まさか》
黎が意味ありげに笑った。
《私の得た情報から推測するとそういう結果になる》
「この情報は警察にも渡すんですか?」
警察のまだつかんでいない情報を提供すれば、捜査は進展するはずだ。
しかし。
《いや》
黎は否定した。
「なぜです?」
《……提供したんだが、信じてもらえなかった》
《うそだな》
黎のことばを即座に神野が否定した。
《事態は逼迫《ひっぱく》している。釈明の時間さえ惜しいな》

《逃げたな》
神野がつぶやくのが聞こえた。
「ここのところ藤木《ふじき》市で続いていた建築中のビル倒壊《とうかい》事故と関連性のあることですか？」
《……さあ？　きみはどう考える？　もしそうなら、犯人が何を狙って何をしようとしているか、わかるか？》
恭平の問いに、黎が、何かをさぐるように言った。
黎は、自分を試しているのだと恭平は感じた。
なんのためなのかは、わからなかったが。

◇

「きみは、まだ救助隊を続ける気があるか？」

大震災から生還した恭平に、黎はそう問いかけた。

恭平はわずかな時間、逡巡《しゅんじゅん》したが、きっぱりと黎に向けて告げた。

「続けたいと思います」

「なぜだ」

黎が問う。

しばらくの間、自分の想いを整理するかのように考えて、恭平は答えた。

「おれのせいで死んだ人たちに報《むく》いたい」

「死人に報いるのは不可能だ。それなら、墓参りでもした方がいい」

「救助を。死に瀕《ひん》している人たちを救いたい」

「ただの代償《だいしょう》行為だ」

「それでも……それしか、おれにはできないから……」

しばらくの間、恭平はうつむいていた。

そして顔をあげてきっぱりと言った。

「救助を待つ人たちをたすけたいと思うから。そう思うから」

その答えを聞いた黎は笑った。

そして、その後五ヶ月間、恭平は体力トレーニングや、救助資材を扱うための訓練を、みっちりと受けることとなったのだ。

「自分の理想に達したか？」

ある日、訓練後、恭平の訓練成績をデータの形で見た黎が問いかけた。

何もいえずにいる恭平に、黎がふんと鼻を鳴らした。

「ならば、まだまだだな」

黎は告げはしない。

理想に到達していないと考えるのは、その理想がより高いものであるからということを。

理想に自分が達したと感じた時が、その人間の限界であることを。

さらに、上を目指している限り、限界は来ない。

恭平には、さらなる可能性があると、黎は考えている。

本当に才覚のある者は、自分がその才能を持つのに気づかないことが多い。それができるのが当たり前で、自分にとって不可能だと思ったことがないからだ。

たとえば、ある高さまで飛べそうな気がして、やってみたらやはり飛べた。それだけのことなのだ。他の人間にとっては不可能なことであっても。

そして、ありとあらゆる訓練を受けた恭平だが、自分自身ではまだまだ理想にほど遠いと思っている。

恭平は、自分にどんな能力があるのかはわからないか、それを役立てられるならば、と、そう考えている。

◇

「ほら、恭平、これ忘れてるよ」

突然、ひとごみをかきわけ、見ず知らずの中年女性がやってきて、恭平に小型のバックパックをさしだした。

《装備だ》

同時に黎からの説明が入る。

黎の命令を受け、恭平に爆発物処理などの装備を届けにきた人物なのだ。

周囲の人に訝《いぶか》られないよう、恭平の身内、あるいは知人を装《よそお》っているのである。

「あ、ありがとう」

恭平がバックパックを受け取る。

「まったくそそっかしいコなんだからね。私はあっちで休んでるからね」

そう言って女性が笑いながら恭平から離れていく。

《装備の説明をします》

黎にかわって、水城財閥《ざいばつ》私設特殊救助隊機材開発部の男性が、画面に姿を現した。

《ども。開発部の大平《おおひら》です》

研究ひとすじで、いかにも理系の博士といった感じタイプの人間だ。

《まず、バックパックの中にありますこれが、爆発物処理ツールボックスです》

恭平は、ひとごみをはずれ、ベンチの横にある大きなポプラの陰に入ると、バックパックの中をのぞいた。

グレイのツールボックスが入っている。中には、解体のためのニッパーやクリップ、通電を調べる簡易オシロスコープ、起爆《きばく》装置につながる電源を黙らせるための液体窒素《ちっそ》ボンベなどが収納されている。

《それとこれが先日も使用していただいて性能のほどご理解いただいていると思いますＭＪＮ―０００２です》

シルバーグレイの薄いビニールシートのようなもの。先のビル建築現場崩壊《ほうかい》事故の時、破損《はそん》した柱や壁を補強するために使ったものだ。

《万一、爆発が起き、建築物に倒壊の危険がある時、使用するなどしてください。

そして、これが、爆破処理用簡易ボックスです》

黒色の折り畳《たた》みになっている金属製のボックスだ。

爆弾は、爆発しないように処理することが前提だが、爆発させるしかない場合も有りうる。そんな時、中に爆発物を入れ、最大限に安全性を確保しながら爆発させるための入れ物である。

《これ、爆破処理の規模が小さいわね。もう少し大きいのないの？》

美紀が、眼前のディスプレイに映し出される処理ボックスの機能を確認しながら、もう少し高性能のものはないのかと問う。

《ありますが、サイズが大きいものですので携帯は無理です。

できるだけ、皆さんの救助活動の支援になるように、私の灰色の脳細胞をしぼっていろいろな機材を開発してはいますが、今回はこれが限界です。機材は本来の目的以外にも柔軟性を持って使用していただけると、うれしいですねー。私も、この機材だったらこんなふうに使えるんじゃないかとかいろいろ考えながら、作ってたりします、特に、これ……》

《処理用の装甲車《そうこうしゃ》を南と北のタウンゲートに配置する。場合によっては東タウンゲート警察のものを利用しろ》

黎が、まだえんえんと説明を続けようとする大平を押しのけて、横からつけ加えた。

と、電子音が小さくなって、数人のリストのうち、何人かの顔が消去された。

《爆弾を持ちタウン内を移動しているのはこの二人とほぼ限定された》

黎が告げる。

残っている二人は、恭平に見覚えがあった二人、鳴瀬皓二と桜沢千絵である。

《爆発物がしかけられている、あるいは、持ち歩いている人間がいると知れればパニックが起きる可能性もある。秘密裏に行動しろ》

通信が切れると同時に、恭平は、爆弾を持っているであろう皓二と千絵の捜索《そうさく》を開始した。

13　罠

（くそっ！）

背負っているバックパックを気にしながら、皓二《こうじ》はモデルルームに向かう人の流れにのって歩いていた。

だれかにぶつかるたびに、爆発してしまうのではないかとハラハラする。できればひとごみから抜けだしたいが、携帯からの尾館《おだて》の指示でそれもできない。

「これと同じものを桜沢《さくらざわ》さんにも持ってもらっている。きみがいやだというなら、桜沢さんの爆弾がすぐにでも爆発することになる」

そう、皓二は尾館に脅《おど》された。

千絵《ちえ》が脅された時点ではまだ皓二は爆弾など持たされてはいなかった。千絵はだまされたのである。

尾館は、千絵と皓二に爆弾を運ばせると同時に、千絵に対しては皓二を、皓二に対しては千絵を人質にしたのである。

千絵も皓二も、相手を思うがゆえに、尾館のいいなりになっているのだ。
《よそ見をするな。まっすぐ、人の流れに沿って進め》
「どこにいけばいいんだ？」
《それは、そのつど指示する。今は人の流れに沿って歩け》
皓二は、自分がどこに向かわされているのかわからない。
《流れから出るな》
このひとごみの中で万が一爆発してはと考える皓二が、なにげなく人の流れから出ようとするなり、尾館から命令が入る。
（監視されてる……）
あのマンションからか？　あの時計塔《とけいとう》からか？
どこから尾館は皓二を見ているのだ？
《ぼくをさがしてもむだだ。よそ見をしないでまっすぐ歩け。指示に従わないなら桜沢が爆発するぞ》
（くそっ）
皓二は千絵を人質にされて手も足も出せないまま、爆弾を背負って歩き続けている。

◇

《J―1棟のエレベーターにのって、最上階のモデルルームに行け》

尾館の指示に従って、公園沿いの道路を通り、西のはずれにある一棟についた時、そのマンションに入れと告げられた。

ここは、次回にウイステリア・エステーツ社が入居者募集するマンションのモデルルームにもなっていて、希望者たちが中を見たいと、エレベーター前のホールでオープンの時を待って並んでいる。

最上階の十五階からならば、眺めがよいだろうからと展望台がわりにしようとする人たちもいて、ホールは入りきれないほどの人がいた。三百人ぐらいだろうか。

《急げ！　わりこんでエレベーターにのれ》

なぜか、尾館は急いでいるようだった。

皓二はひとごみをかきわけて、エレベーターの前へと進む。

「こら、わりこむな」

「なによ！」

並んでいる人たちから、皓二への非難の声があがる。

《急げ、かまうな。次のエレベーターがおりてきたら、のれ》

何も言えないまま、くちびるをかんで耐え、皓二はただひたすら人垣《ひとがき》をかきわけてエレベーターを目指した。

と。

「こらガキ！」

いきなり背後にいた男が、皓二の肩をつかんだ。

「わりこむんじゃねえ、それになんだオメー、こんなとこで携帯なんて使ってんじゃねえよ」

二十代半ばぐらいの男がからんできた。

「メールとかやってんのか？ こんなとこでまでそんなもん使うな、切れやボケ。人様の迷惑ちゅーもんを考えろ！」

「あ！」

男は、皓二の手から携帯電話をうばうと、通話を切ってしまった。

「こんなひとごみの中で使うな、ガキ。迷惑なんだ」

携帯電話を、ぱたぱたと皓二の鼻先で振りながら突きつけた。

と、携帯が鳴った。

「もしもし」

あわてて、男からひったくり、耳にあてた。

《妙な男がいるようだな。少し距離を置いて……》

「だから、使うな迷惑だ」

男がまたしても取りあげ、

「混雑してるところにいるから、迷惑になる。後でかけ直せ」と送話口に向かって一方的に言うと切ってしまった。

電源までも切る。

「いいかげんにしろよ、ガキ。エレベーターにのっておりるまで、俺がこれを預かる」

(何も知らないくせに。よけいなことを)

皓二は男をにらんだ。

(どうしたら……)

とりあえずは、さっき命令された通りに動くしかないだろう。エレベーターで上に行くのだ。

「あ？」

男が皓二をにらみ返す。

「なんだテメー、その目は？　文句あんのか？　ちょっとこっち来い」

男が、皓二の腕をつかむと、エレベーターホールのわきにある階段への扉を開け、その中に連れこんだ。

（まずい）

なんとか逃れようとする皓二を、男はつきとばした。

「動くな」

男が、皓二の頭を壁に押しつける。

皓二は壁の方を向き両手をついた格好になる。

「じっとしていて。バックパックの中を見せて」

どこにいたのだろうか？　突然、女がささやきかけてきた。

「え？」

「そのまま聞け」

振り返ろうとした皓二の顔を、男が壁に押しつけた。

「これから、バックパックの中身の起爆《きばく》装置を解除する」

男が言った。

「ど、どうして爆弾のこと……」

振り向こうとした皓二の顔を男が制した。

「事情は知ってる」

「け、警察の人ですか？」

「近いがビミョーにちがう」

男が告げる。

しばらくの間、背中でバックパックの中身をゴソゴソとさぐる感触が続いた。

一分弱が過ぎたころだろうか。

「終わったわ」

と女の声。

「動くな」

振り返ろうとする皓二を、男が壁へと押さえつける。

背後にいる男と女が何者なのか、皓二はたしかめることができない。

「もう爆発はしないけど、念のため私が預かるわ。かわりに同じくらいの重りを入れさせてもらうわ。バックパックが軽いことをあなたを監視している犯人に気づかれないように」

皓二の背がふっと軽くなり、すぐに、前と同じ重さに戻った。

「あ、あの、俺の他にも、桜沢が……」

「知ってる。千絵さんでしょ」

背後の女が彼女のファーストネームを口にした。

「彼女も必ずたすけるから、そのためにも、あなたは何もなかったふりをして、このまま犯人の指示に従って」

ポーンと音がして、エレベーターがホールに着いた音が聞こえた。

「それじゃ、行け」

男が携帯を皓二の手ににぎらせ、振り返る間も与えず背を押して、エレベーターにのる人の流れの中につきとばした。

「あ」

そして、そのまま皓二は、人の波に呑《の》まれてエレベーターの中へと吸いこまれた。

◇

「エレベーター内か、最上階で爆発させるつもりだったのよ」

美紀《みき》は、皓二のバックパックからはずした爆弾、その起爆《きばく》スイッチになっていた携帯電話を取り出した。

「私が起爆回路を切断したとたんに着信して震えだしたの」

携帯電話のバイブレーション機能を利用して起爆スイッチを入れるタイプのものだったのだ。美紀の手の中でシルバーグレイの携帯電話が震動を続けている。

「あと二秒遅れてたら爆発してた。

それだけじゃなくて、時限装置もつけられていたの。携帯の着信がなくても五分後には爆発してたわ。あの子を殺すつもりだったのよ」

美紀が憤《いきどお》っている。

「爆薬は、人を傷つけるために生み出されてきたものじゃないわ。人の役に立たせるべきものなのよ。時に人を救うために使われるべきであって、絶対に人を殺したり傷つけるためのものじゃないわ」

爆薬を使い、数週間前にビル内に閉じこめられた藤木市レスキュー隊隊員たちを救った美紀が言った。

爆薬は土木工事などを行うために当初開発されたものだ。それが戦争で殺戮《さつりく》兵器として使われた。

人を生かすことも殺すこともできる諸刃《もろは》の剣。

爆薬を人を生かすために使う美紀にとって、この犯人は憎むべき敵にちがいなかった。

「それにしても、神野《じんの》、名演技だったわね」

美紀が神野を振り返る。

「だろ?」

神野が、鼻をふくらませて得意そうにふんぞりかえる。

神野が、携帯電話をかけている皓二に注意するふりをして、切らせたことだ。

「うかつに目標に接触すれば、そのとたんにドーンだな」

通信機の補助機能をフル活用して、ひとごみの中から皓二を発見した神野たちだったが、どこに犯人の目があるかわからない以上、うかつな接触はできなかった。

「あの携帯を常時つないでおくことで周囲の音を拾っているらしい」

犯人が、常時、通話の状態にしておくことを指示したのは、音声によって周囲の状況を知るためだと神野たちは判断した。

どこからか犯人は皓二を監視しているようだったが、死角に入ってしまった時の情報入手手段として携帯が使われているにちがいなかった。

と、皓二がこのモデルルームのあるマンション棟に入るのが見えた。

神野たちは先まわりをし、エレベーターホール横の階段室に、隠しカメラやマイクがしかけられていないことを確認した上で、監視の死角になるであろうここに皓二を連れこみ、爆弾を解体することにしたのだ。

問題はどうやって携帯電話を切らせるかだった。

「まあ、まかせろ」

そこで、神野が、ひとごみで携帯をかける高校生にからむ男を演じたというわけだ。

さらに、皓二自身やバックパックなどに小型の監視カメラがつけられていることも考慮《こうりよ》して、階段への入口へ引きこむと同時に、神野が隠し持っていた装置を使って電波を攪乱《かくらん》させた。

「あの『メールとかなんとか』のセリフ、メールが使えなくて高校生に嫉妬《しっと》して因縁《いんねん》つけたオヤジそのもの。演技とは思えなかったほどよ。うまかったわ。もしかして、地《じ》？」

「はは、オヤジ？　高校生に嫉妬《しっと》するオヤジ？　この若い俺が？　ははは」

神野の頰《ほお》がひくひくとひきつっていた。

14　爆発

「なぜ、爆発しない？」

皓二《こうじ》が入っていったはずのJ—1棟を双眼鏡で観察しながら、尾館《おだて》は首をひねった。

皓二が背負う爆弾の起爆《きばく》装置である携帯電話にかけたのに、爆発らしきものが起きていない。

爆発音もなければ、煙もあがらない。人々がパニックになって泣き叫ぶようすもない。

しばらく、双眼鏡をのぞいたままで尾館は待った。

「不発か？」

念のためにしかけていたデジタルタイマーによって起爆するはずの時刻も過ぎた。

どうしたのだ、と、双眼鏡をのぞきながら、皓二との通話用の携帯へ再ダイヤルした。

《……もしもし》

ワンコールで皓二が出た。

（生きている？　爆発しなかったのか？）

《次はどこに行けばいいんですか?》

指示を請う皓二の声が聞こえてくる。

「あ、……そ、そのまま、まっすぐ歩け」

予想外の展開に、うろたえた。

(死ななかったのか。まずいな。こいつに生きていられては……)

ウイステリア・エステーツ社への抗議のために爆弾を抱えて死ぬ。あるいは、脅迫《きようはく》のために持っていた爆弾の暴発で死ぬ。そういうシナリオでなくてはならないのだ。

(生きていれば、この事件が終わった時に、俺のことを知る証人が残る。どうするか……)

尾館は、記憶しているウイステリア・タウンの地図を頭の中でさがした。

爆弾をしかけた場所は、三ヵ所。

一ヵ所は、最初にデモンストレーションのために爆発を起こした時計塔《とけいとう》横の未使用の公園西管理事務所。

一ヵ所は、こちらが本気であることを知らせるために警察にわざと発見させた、北タウンゲートの外にある変電所。

そして、もう一ヵ所は、ころあいを見て爆発させ、来場者にパニックを起こさせることを目的として東タウンゲートにしかけたもの。

(ついでに、あの小僧を始末するか)

にやりと笑って尾館は携帯電話に呼びかけた。

「皓二くん。すまなかった。もう終わりにしよう」

《え？》

「きみや桜沢《さくらざわ》さんには、ひどいことをしたと思ってる。

これから東タウンゲートの横にある公衆トイレに行ってくれ。そして身障者用のトイレをノックしてくれ。

ぼくもこれからそこに行く。トイレで待ってる。そこで、きみから爆弾を受け取る。それで終わりにしよう」

《本当ですか？》

うれしそうな皓二の声が返ってくる。

「そうだ。すまなかった。今度のことは全部ぼくがやったことだと自首するよ。なぜこんなことをしたのか、警察に話せば、きっとウイステリア・エステーツ社を調べてくれると思う。きみたちにはすまないことをした。ぼくはどうかしていたんだ、許してくれ」

《尾館さん……》

「それじゃ、ぼくはこれから東タウンゲートのトイレへ行くよ。そこで会おう」

そう言って尾館は、皓二との連絡に使っていた携帯電話を、ジャケットの内ポケットに入れると、いままで監視に使っていたマンションの一室を出た。

そして、皓二と落ち合うはずの東タウンゲートには向かわずに、セントラルパークの方向へと歩きはじめた。

もうひとつの携帯で、いまだ爆弾を運び続けている千絵《ちえ》へと指示を出しながら。

◇

千絵は、尾館の指示通り、セントラルパークを囲む遊歩道を右に向かって歩き続け、もう二周目に入っている。

耳にあてている携帯電話からは、十五分くらい前から保留音が流れっぱなしだ。

尾館は、千絵を見ていないのかもしれない。

試しに立ち止まってみた。思いっきり、あたりを見まわした。

が、携帯からはなんの指示もない。諫《いさ》める声もない。

(もう見てないのかな？)

ならばこの爆弾入りのトートバッグをどこかに置いて逃げ出しても……。

(でも、そしたら鳴瀬《なるせ》くんが……)

(今ならバッグ置いて、逃げちゃってもわからないかも……)

千絵は、きゅっとくちびるをかむと、ふたたび遊歩道を歩きはじめる。

ボロボロと涙が流れだした。

今の千絵はまわりから見たら、絶対にヘンだと思う。

震える手で携帯電話をにぎりしめ、歯を食いしばって泣きながら歩いているのだから。

(だれか気づいてくれないかな……ううん、ダメ)

もしだれかが千絵がおかしいことに気づいてくれたら、そしたらさっきの親切な婦人の時のように、その場を切り抜けることに苦労するだけにちがいない。

(もう、こんな、こんなことはイヤ!)

その時、プツと音がして、携帯電話の保留音が途絶えた。

千絵の身体《からだ》が硬くなる。

《桜沢さん。すまなかった。もう終わりにしよう》

突然に、尾館が告げた。

「え？　今なんて？」

思わず千絵は立ち止まり、携帯に問い返す。

《もう終わりにしよう。すまなかった、きみや鳴瀬《なるせ》くんにはひどいことをしてしまった。やっと頭が冷えたよ。本当にすまなかった》

「尾館さん……」

(やっとわかってくれた。やっとやめる気になってくれたんだ……)

緊張がゆるんだ千絵の目から、ますます涙があふれた。

《ぼくは、セントラルパークの時計塔《とけいとう》で待っているから》

「時計塔……」

今、千絵がいる遊歩道からも右手に見える。

(あそこにいたんだ。だから私のことが見えていたんだ)

千絵は納得した。実際には、尾館は時計塔から監視していたのではなかったのだが。

《そこで、きみに持たせてしまった爆弾を受け取って、自首するよ。なぜ、ぼくがこんなことをしたのか知れれば、警察はきっとウイステリア・エステーツ社を調べてくれると思うから》

「鳴瀬くんは!?」

千絵は携帯にしがみつくようにして聞いた。

《もう、爆弾を渡してもらったよ。ぼくといっしょに時計塔できみを待っている》

「本当!?」

聞いたとたんに、千絵は時計塔めがけて走りだしていた。

皓二がいっしょにいるとの尾館のことばをみじんも疑わずに。

《時計塔の最上階で待ってる。入口を開けておくから、階段を使ってきてくれ》

まもなく午後一時。

ウイステリア・タウン入居者発表の公開抽選会の準備がはじまり、セントラルパークに多くの人が集まりはじめていた。

抽選会は、このパークの特設会場で行われるのだ。

「すみません、通して、通してください」

千絵は、ひとごみをかきわけて時計塔へと急いだ。

◇

《J―1棟のマンションから出てくる少年をマークしろ。青いバックパックをかついでいる十五歳ぐらいの少年だ》

その連絡が、県警の本部長から直々に携帯電話を通じて田中《たなか》警部のもとに入った時、まさに目の前をその少年が通過していった。

田中警部とその部下の刑事たちは、来場者のふりをしながら不審人物をさがし、またどこかにしかけられた爆発物がないか、タウンのあちこちをさぐっていた。

田中警部は、部下の一人とともに、ちょうどJ―1棟のあたりを捜査していたのだ。

「なぜですか？」

部下にも指示して、少年――皓二の尾行をはじめながら田中警部が問う。

《犯人の手足として使われている可能性が強い》

る。


「なぜ、そうとわかったんですか？」

目標の少年が、セントラルパークに入る。ひとごみの中で見失わないように必死に追いかける。

《あるスジからの情報だ》

「あるスジとは？」

《信頼できるスジだ。その少年をマークし、場合によっては保護しろ。少年が持たされていた爆弾は、すでに処理された。今持っていない。それ以上は聞くな》

それだけを告げて通話は切られた。

少年は、セントラルパークを抜け、出てきた西側のJ棟とは正反対にある東に向けて歩いていく。

《警部、爆発物処理用の装甲車《そうこうしゃ》を、東と西、それぞれのタウンゲートの外に配置しました》

部下からの電話が入る。

万一、爆発物が発見された時、周囲に被害を及ぼさないよう処理するための装甲車が到着したらしい。

途中にあるどれかのマンション棟に入るかもしれない、と田中警部は、少年を鋭い目線で追いかけながら、あとを追う。

が、すべてのマンションを素通りし、タウンの東のはずれにある東タウンゲート横のトイレに入っていった。

各所に散らばっていた刑事たちが、田中警部からの連絡を受けて、東タウンゲート横のトイレの付近に集まっている。

田中警部と部下の刑事はトイレに入るふりをして少年のあとを追う。

少年が身障者用のトイレをノックしている。

返事がないの知ると、少年はスライド式のドアに手をかけ、開けた。

ジーンズ姿の刑事が、向かいのトイレに入るふりをして少年の背後からのぞきこむ。

とたんに、刑事の顔色が変わった。

「警部」

あわてでとなりにいた田中警部に耳打ちする。

「さっき、ここを巡回した時、あのトイレタンクの上に、あんな紙袋は置いてありませんでした」

「なに!?」

そのことばにはじかれるようにして、田中警部が動いた。

◇

（よかった。やめる気になってくれて）

皓二は、急ぎ足で東タウンゲート横のトイレに向かった。

速度をゆるめないままにトイレに入ると、身障者用のマークが書かれているスライドドアの前に立った。

「尾館さん」

声をかけ、ノックしたが反応がない。

（まだ来ていないのか？）

ドアを開けてみる。

だれもいない。

ただ、真正面にあるタンクの上に、茶色の紙袋が置かれていた。

（だれかの忘れ物だろうか？）

とっさには、それが尾館とは結びつかなかった。

突然、だれかが皓二をつきとばしてトイレに駆けこんだ。

ネクタイをほどいて、シャツの襟《えり》を開いた背広姿の中年の男だった。

タンクの上にあった紙袋を開いたその男の顔色が変わった。

「爆弾だ！　さがって！」

叫ぶなり背広姿のその男が、包みを持って駆けだした。

タンクの上の紙袋を開けるなり、デジタルタイマーの25という数字が田中警部の目に飛びこんできた。

(時間がない！)

あと二十三秒。

解体の訓練を受けているので単純な構造ならできるが、すでに猶予《ゆうよ》がない。

「装甲車《そうこうしゃ》！」

爆発物処理用の装甲車が、このタウンゲートのすぐ近くにきているはずだった。

「爆弾だ！　さがって！」

叫ぶなり田中警部は紙袋を抱えて走りだした。

◇

「あ……」

何も言えず、動くこともできずに、皓二は身を硬くしていた。

トイレの周囲にいた男数人が、さっきの背広の男を追って走りだしていった。

「……爆弾……？」

背広の男が叫んだそのことばがわんわんと頭の中にひびいている。

と、その時、数十メートル離れたあたりから、ボン、という音がした。

思いっきり蹴《け》ったサッカーボールが破裂《はれつ》したような音だった。

しかし、喧噪《けんそう》にまぎれたために、周辺の人々の中に気づいた者はいないようだった。

「あ、きみ！」

あの背広の男といっしょにいた若いジーンズの男が皓二の肩をつかもうとしたが、その手を振りきって走りだした。

（あれは爆弾？　だまされた？）

あれが爆発したのかしなかったのか。被害があったのか、食い止められたのか。

見たくなかった、知りたくなかった。

だが、知らなければならないと思った。

タウンゲートを飛び出して、音のした方を目指す。

低い植えこみを過ぎて左に曲がると、あの背広の男が、駐車場のアスファルトの上に座りこんでいた。

「警部！」

皓二のあとを追って走ってきたジーンズの男が、叫んだ。

警部と呼ばれたアスファルトに座る背広の男が、ジーンズの男を認めて、

「ああ」と、うめきともつぶやきともいえない声を出して手をあげた。

「間に合ったよ」

警部と呼ばれた男が目線で指す先に、かすかに白煙《はくえん》を漏《も》らす装甲車があった。

「ぎりぎりだったよ」

「間に合わなかったら、どうなさるおつもりだったんです！」

詰め寄って叱責《しっせき》するジーンズの男のことばに、警部は、ハハハ、と力なく笑った。

「もし間に合わなかったら、俺の身体《からだ》で包みこんで。そうすれば、スプラッタでまわりに居合わせたやつらは気持ち悪いだろうが、被害は抑えられるかなと思ったしな。まあ、間に合ったんだから……」

そう言う警部の手足は、震えている。

(俺のせいで危険な目に……。もし爆発していたら、俺は……。まわりの人たちも……)

皓二はこらえきれずに、その場で泣き出した。

泣きながら、尾館が本気で自分を殺そうとしたことに気づき、叫んだ。

「桜沢が、桜沢が爆弾を持たされてるはずなんだ、たすけて、たすけてくれ！」

15　時間切れ

「階段をのぼって、階段をのぼって、それから……？」

千絵《ちえ》は、時計塔《とけいとう》のぐるぐると左まきの螺旋《らせん》階段を一段一段のぼってゆく。

「五十一、五十二……」

鉄製の手すりをしっかりとつかんで一段ずつ確実に。

肩に爆弾の入ったトートバッグをさげて。

ずっと左まわりのせいで、目がまわりはじめたころ、ようやく階段が終わった。

千絵の目の前には、狭い鉄の扉があり、細く開いていた。

「ここに入るの？　尾館《おだて》さん……？」

おそるおそるすきまからのぞくと、奥行きが三メートルほどのろうかが見えた。途中、右側にドアが二つあり、奥のドアが開いている。

どうすればいいのかと迷ったとき、携帯がなった。あわてて取る。

≪やっと来たね。そのまま、ろうかを進んで開いているドアから中に入ってくれ、ぼくはそこ

にいる》

「奥のドアですか？」

《そうだ。そこにいる。すまなかったね。そこで爆弾を渡してもらったら終わりだから》

「はい」

この時、気づくべきだったのだ。この時計塔にはエレベーターがないことに。

足の不自由な尾館がどうやってここまでのぼり、奥の部屋にいるのかと疑問を抱くべきだったのだ。

「尾館さん……？」

なぜだか、足音をたててはいけないような気がして、ろうかをそろそろと進み、開いているドアから中をのぞきこんだ。

真っ暗だった。

と、突然、闇の中から伸びてきた手が、千絵の腕をつかみ、携帯電話をむしり取ると、部屋の中へ引きこんだ。

「あ!?」

床に倒れた千絵のわきに、何か固くちいさなものが放り投げられ、かつんと音をたてた。

人影が部屋を出ていこうとする。

「待って！」

立ちあがって飛びついたが、寸前でドアが閉められた。外から鍵《かぎ》をかける音がする。

「なんで、どうして、尾館さん！」

千絵は、金属のドアをどんどんとたたいた。出ていく時にちらりと見えた人影は、尾館だったのだ。しかも、自分の足で歩いていたのだ。

「どうして、こんなところに閉じこめるの、鳴瀬《なるせ》くんは？　開けて！　尾館さん！」

だが、返答はない。

そして、歩けないはずの尾館の足音が遠ざかっていくのが聞こえた。

◇

ピッ、と小さな電子音がした。

暗闇の中、その音の出所をおそるおそるさぐった。

いや、わずかな光が入ってきている。

その光を頼りに、ずり落ちかけたメガネを押しあげて、千絵はあたりを見まわした。

ここは、時計塔《とけいとう》の機械室のようだ。

時計塔の時計、とはいっても昔のようなアナログで歯車や振り子のあるものではなく、デジタル制御《せいぎょ》のもので、大きめの衣装ケースのような灰色の金属製の箱が、部屋の奥の壁際に置かれているだけだった。

その上に小さな四角い明かりとり用の窓がひとつあった。そこから細い光の帯が伸び、その中で細かなほこりが舞っているのが見えた。

千絵はおそるおそる音の出所——自分の肩にあるトートバッグの中をのぞき、紙袋をめくってみる。

思わず息を呑《の》んだ。

53というデジタル表示が明滅しながらカウントダウンしていく。

(爆発する)

千絵の背筋が凍った。

爆発なんてしたら、千絵はもちろん……。

千絵は明かり取りの窓に走りよった。顔の高さにあるそれから下をのぞき見る。

多くの人たちが時計塔の下、セントラルパークに集まっていた。

マンションの公開抽選会の時間なのだ。

(ここで爆発なんてしたら……)

下に集まる多くの人たちの上にくずれた時計塔《とけいとう》がくずれ落ちてしまうかもしれない。

そんなことになったら、多くの人々が傷つく。命を失う人もいるにちがいない。

「逃げて！」

小さな窓をたたき、千絵は叫んだ。

「逃げて、早く逃げて！」

だが、下にいる人々に聞こえるはずもない。

（なんとか、なんとかしなきゃ……）

千絵は、爆弾におそるおそる近づいた。もう一度、紙袋をめくってみる。

「わからない」

構造がどうなっているかなんて、わかるわけがない。

千絵は泣き出してしまった。

「だれか！　だれか！」

ドアに走って、ドンドンとたたいた。

「だれか！　たすけて！」

たたくのをやめて耳をすましても返事がない。

「どうしよう……」

ぐしゅんと鼻をならし、涙をぬぐった千絵は、足元に何かが落ちているのをみつけて拾いあげた。

携帯電話だ。

「どうして、携帯が？」

尾館に閉じこめられるとき、かつんと音をたてたものがあった。これだったのだろう。

なぜ、尾館が携帯を置いていったのか解らないが、千絵は、必死に自宅の番号を押した。

だが繋がらない。１１０番も１１９番も、思いつく限りのところにかけてみたがダメだった。壊れているらしい。

千絵は爆弾を見た。トートバッグのすきまから、青いデジタル表示がカウントダウンしていく。

どうしようもない。

(下にいる人たちが……)

ならば、せめて。

千絵は、爆弾を抱えこむようにしてその上に覆《おお》いかぶさった。テレビか何かで見たことがある。こうやって千絵の身体《からだ》で覆えば、爆発の威力は落ちるはずだ……落ちると思った。

(こわい……)

千絵はまちがいなく死ぬだろう。

デジタル表示が今いくつなのか、見る勇気はなかった。あと何秒かなんて知りたくない。

(鳴瀬くん、無事でいてね)

唐突に皓二《こうじ》の顔が思い浮かんだ。さらに涙がボロボロとこぼれはじめる。

と、ドンと、大きな音がして、千絵の全身に刺すような痛みが走った。

◇

(どこだ！)

恭平《きょうへい》は焦《あせ》る。

千絵の姿をさがしているが、どこにもみつけられない。

皓二は、神野《じんの》たちが接触して、爆弾を解体したと連絡があった。

その後も、神野と美紀《みき》も千絵をさがし続けているが、みつかったという連絡は、まだ入っていない。

このひとごみの中から、たったひとりの女の子をさがしだすのは困難だ。

と、その時、セントラルパークの時計塔《とけいとう》につけられているスピーカーから、アナウンスが流れた。

《鷹森《たかもり》恭平さま、おつれさまがお待ちです。公園東管理事務所までお越しください》

(なんだ!?)

わからないまま、走って着いた公園東管理事務所で、恭平は紗湖《さこ》に会った。

「んもー、恭平、いままでどこに行っていたのよ」

ふくれっつらの紗湖が、恭平の腕をつかんだ。

「七瀬《ななせ》……」

なんの用なんだ、と続けようとした恭平に、紗湖が紙片を見せた。

「これね、桜沢《さくらざわ》千絵ちゃんから受け取ったの」

「桜沢さん!?」

メモの内容を読んだ恭平の顔色が変わる。

「それでね」

桜沢さんはどこに行ったんだ？　と問いかけようとする恭平を制して、紗湖が言った。

「あたし、あとをついていったらね、桜沢さん、時計塔の中に入っていったのよ。いったいなんなの、これ？」

「七瀬、これ、警察に知らせて！」

叫ぶなり、恭平は走りだした。

今、五千人近い人たちが、公開抽選会のためにセントラルパークに集まっている。

過去にあった、建設中のビル爆破事件。

恭平は推理する。

犯人が、ウイステリア・エステーツ社のライバル社だとしたら。その人気失墜《しっつい》を狙っての事件だとしたら。

ウイステリア・エステーツ社を陥《おとしい》れたいのなら、建物を破壊するはずだ。

手抜き工事をしていたという、ありもしないその汚名《おめい》を着せたいのだろうから。

さらに人的被害が出たなら、それが、たとえ逆恨みされてのことであり、ウイステリア・エステーツ社に非はないのだとしても、人々は良い感情を持たなくなる。ウイステリア・エステーツ社の人気は落ちるだろう。

かわりにライバル社の株はあがる。

犯人の狙いは、おそらくそれなのだ。

犯人は時計塔《とけいとう》を狙っているのだ。もっとも効果的で被害が大きく出るから。

走りに走ってたどり着いた時計塔の入口に入ろうとした時。

「ここは、立入禁止だ」

時計塔のまわりを巡回していたらしき警備員が、中に入ろうとした恭平をみつけ、腕をつかんで注意した。

「すみません。中に知り合いがいて……」

「だめだよ、ここは、立入禁止なんだから」

警備員は中に入れてくれる気配がない。

もし、ここに爆弾がしかけられているのだとしたら、もう時間がないかもしれない。

(強行突破するか……)

入口をにらむ恭平の顔に焦《あせ》りが浮かぶ。

「恭平！　恭平！」

走って追ってきたのだろう。紗湖が、こっちに来る。

「あ、ちょうど良かった！」

紗湖が、警備員を見るなり、大声を出した。

「あの、あっちに迷子《まいご》がいるんですけれど。迷子」

「迷子？」

警備員が紗湖に問い返す。

「そう、ちっちゃい、幼稚園ぐらいのコかな？　泣いてるんです。お母さんとはぐれたみたいで」

「どこ？」

「こっちです」

紗湖が警備員の手を引いて、ひとごみの中へと走りだす。

恭平は、その瞬間、紗湖が意味を含んだ目配せをしてきたように思えた。

(七瀬……記憶がないはずなのに……)

何かを感じ取ってくれたのだろうか？

千絵からのメモを見せてくれたこと。

本来なら、ここの警備員か、警察に届けるべき内容だ。

その上、紗湖は、千絵を追い、居場所を突き止めてくれたのだ。そして今、時計塔《とけいとう》に恭平が入れるように警備員を引きつけてくれた。

恭平に力を貸してくれているように思える。

警備員が、紗湖に連れられてひとごみに向かう。

すきに、恭平は時計塔に入りこんだ。

この時計塔が爆破されれば、破片や時計自体が下にいる人々の上に落ち、甚大《じんだい》な被害が出る。

恭平は螺旋《らせん》階段を駆けあがる。

と、上からおりてくる足音が聞こえた。

やせ形の男だ。二十代半ばぐらいだろうか。ひどくあわてている。

男は恭平を認めると、一瞬驚いたようだったが、急に突進してきた。

恭平を突き落とそうとしている。

恭平は手すりと壁で身体《からだ》を支えると、とびあがって身体を宙に浮かし、避けた。

男が、スカッと、恭平の身体がなくなった空間を素通りした。

すばやく身体を翻《ひるがえ》した恭平は、反射的に男の足を払った。

「うわ!」

男がころび、階段を落ちかけた。

恭平はその手を捕まえる。

男は落ちるのを免《まぬが》れた。

が、すぐさま体勢を立て直して恭平の腕を振り払うと、恭平をにらみながらも、あわてて階段を駆けおりていった。

その後ろ姿に、恭平は爆発までの時間がないことを直感した。

階段を駆けのぼり、鉄の扉を押し開けて通路に入る。

ドンドンと奥からドアをたたく音がしている。

「たすけて」

と、ドアを通してくぐもった声が、かすかにだが聞こえる。

まちがいない。

恭平は、通路を走り、奥の扉を引いた。が、動かない。鍵《かぎ》がかけられている。

鍵やドアそのものにトラップがしかけられていないことを確認すると、恭平はバックパックからシールドケースに入れられていたプラスチック爆弾を取り出し、それで、正確にドアの鍵のみを破壊した。

ドアを蹴《け》り飛ばして、中に入る。

狭く薄暗い部屋の中央で、少女が何かを抱えこむようにしてうずくまっていた。

◇

(あれ？)

大きな音がして爆発したと思ったのに、なんだかまだ生きているような気がして、千絵は顔をあげた。

おそるおそる抱えこんでいるバッグの中をのぞく。

カウントはまだ18。爆発していない。

(さっきの音は？)

気がつけば背後から光が入りこんでいる。千絵はゆっくりと振り返った。

「だいじょうぶか!?」

だれかがドアのところ立っていた。

(だれ!?)

背後からの光がまぶしくて、見定めることができない。

(鳴瀬くん？)

「離れて！」

影がすばやく走りより、千絵を爆弾のある場所からつきとばした。

「あ」

床の上に倒れたはずみに、メガネがはずれて飛んだ。

「伏せて！」

影の叫びに、千絵は頭を抱えて伏せた。

「爆弾を止めて！」伏せたままの姿勢で千絵は叫んだ。

「その爆弾を止めて！　でないと、下にいる人たちが！」

「だめだ。間に合わない」

影のつぶやきに、千絵の全身がこわばった。

◇

「だめだ、間に合わない」

カウントは10を切っている。

構造はさして複雑というわけではない。爆発物解体の手ほどきは、美紀から受けている。だが、時間が足りないのだ。

（どこかに……）

爆弾を爆発させても被害のでないところに移動させるか……。

恭平は周囲を見まわした。

外に出るためには階段を使わなければならない。下までおりる時間はない。

明かり取りの窓が目に入る。

（あそこから外に……いや、ダメだ）

この時計塔《とけいとう》の下には多くの人たちがいる。

（七瀬……）

その中には紗湖もいる。

ここで爆発させるしかない。

恭平は、バックパックの中から爆発物爆破処理用の簡易ボックスを取り出して、組み立て、その中に爆弾をトートバッグごと入れた。

が。

（だめだ……）

爆薬——手製のダイナマイトらしいが量が多すぎる。この簡易ボックスでは爆発の威力を抑えきれない。

巨大な爆発のエネルギーは、爆発物爆破処理用の簡易処理ボックスをオーバーし、まちがいなく、この時計塔はへし折れる。

そうなれば、コンクリートの塊《かたまり》が、何も知らず下に集《つど》う人々の上に降りそそぐだろう。

　恭平は、バックパックの中に、MJN―0002があることに気づいた。この前のビル倒壊現場で、破損した柱や壁を補強するために使ったものだ。

「この部屋を出て！」

　恭平は叫んだが、頭を抱えて床に伏せる少女――千絵に声が届いていない。いや、聞こえているのだろうが動転しているか、あるいは腰が抜けて立てないらしかった。

　恭平は、急ぎ、シルバーグレイのシートのようなそれで、爆発物爆破処理用簡易ボックスをさらにくるむ。

　シールをはいでMJN―0002を急速に硬化させた。

　爆発物爆破処理簡易ボックスを、さらにMJN―0002で急ごしらえした硬化セメントボックスで、二重につつむというわけだ。

　MJN―0002の本来の使い方ではない。

　しのぎきれるかはわからない。

　これを開発した水城財閥《みずきざいばつ》開発部の大平は、本来の目的以外にも柔軟性を持って使用しろと言っていた。

　爆発の威力を抑えこめるかどうかはわからない。

　賭《か》けだ。

　頭の中で数えていたカウントが、ゼロになった。

「伏せて！」

頭を抱えている千絵に叫ぶと、恭平はその上に覆《おお》いかぶさった。

◇

「伏せて！」

影は叫ぶと、千絵に覆いかかってきた。

直後。

空間が破裂《はれつ》したみたいな大きな音がして、強い風が千絵の身体《からだ》と顔、全身に吹きつけてきた。

「きゃあああああ」

自分の悲鳴さえ、爆風にかき消されてしまう。

上にだれかがのっているにもかかわらず、千絵の身体が押されて床の上をズルズルと移動した。

数秒後、すべての音がやんだ。

たたきつけてくるような風が消えている。

（私、生きてる？）

そろそろと目を開けてみる。

(身体《からだ》の感覚は……)

ある。

生きている。

(あ？　鳴瀬くん？)

千絵をかばってくれた人が立ちあがる気配を感じた。

爆発の衝撃に壁の一部が破壊され、もうもうと舞いあがった無数の細かなコンクリートの破片に、あたりはもやがかかったようにかすんでいる。

その中で人影が動いた。

(だれ？　鳴瀬くん？)

たしかめたかったが、薄暗い。そのうえ、メガネをどこかにやってしまって、千絵にはよく見えない。

幸いにも壊れていなかったメガネを手さぐりでやっとさがしあてた時、すでに、そこには、人影はなくなっていた。

16　謀略

《爆発は残念ながら起こらなかったな》

「思いのほか、警察は優秀だったということですか」

ウイステリア・タウンから電車を乗り継ぎ、自分の部屋に戻った尾館《おだて》は、かつらと簡単なメイクで施《ほどこ》していた変装をときながら、携帯電話で男と話している。

「でも、目的の半分は果たせたわけでしょう？」

不機嫌に黙りこんだ電話の相手に、尾館はいいわけをはじめた。

時計塔《とけいとう》での爆発が起こらず、人的被害が出なかったことが、電話の相手は不満なのだ。

「決定的にウイステリア・エステーツ社を追いつめることはできませんでしたが、爆発物が実際にしかけられていたのに、会場にいた人々を避難させなかった。で、結局、被害はなかったものの三発の爆弾が爆発した」

最初の西公園管理事務所。次の東タウンゲートのトイレにしかけたもの、これは、どうやら警察の手によって処理されてしまったようだった。

そして時計塔。

「警察やウイステリア・エステーツ社が隠そうとしても、てきとうな脚色を加えて、マスコミに流せば、貪欲《どんよく》などこかの記者が食いついて、あることないこと書きたててくれますよ。

それに、今回のウイステリア・タウン以前のビル倒壊《とうかい》事故についても、ね。ウイステリア・エステーツ社の信用は失墜《しっつい》しますよ」

藤木《ふじき》市でここのところ立て続けに起こっていた建設中のビル倒壊事件も、藤木消防局の正規レスキュー隊が出動して隊員の牧原が生き埋めになったビル崩落事件を含めて、すべて、今、電話している男からの依頼を受けての尾館の仕業《しわざ》だったのである。

また、ウイステリア・エステーツ社に不当な仕打ちを受けたと訴えていた老婆も、尾館が雇ったサクラだ。ウイステリア・エステーツ社に対する不信感を世間に植えつけるために仕組んだことなのである。

尾館は、解散した元過激派のメンバーで、爆弾を扱うテロを得意としている。

職もなく、過激派も解散して金に困っているとき、この電話の相手に、今回の話を持ちこまれ、請け負ったのだ。

≪まあ、八十パーセントぐらいは成功したということか≫

「そうですよ」

相手の口調に、幾分の喜びらしきものを感じて、尾館はほっとする。

「ウイステリア・エステーツ社が、犯人が爆発物を持って移動していたため、避難させることができなかった事実を公表したとしても、結局のところ、人々に危険があったということにはかわらないですし。ウイステリア・エステーツ社の信用は落ちますよ」

《おまえに警察の手が伸びることはないだろうな?》

電話の相手の問いは、尾館を案じてのものではない。

尾館が警察の手に落ち、そこから自分の存在が表沙汰《おもてざた》になってしまうことを怖れているのだ。

「だいじょうぶですよ。たとえ、警察が何らかの手かがりを得て、ぼくを犯人と疑っても、証拠は何も出てきません。

爆弾の材料は、すべてあいつらに買わせましたし」

今回、ウイステリア・タウンにしかけられていた五個の爆弾とウイステリア・エステーツ社に送りつけたものを作るための材料を集めたのは、皓二《こうじ》と千絵《ちえ》なのだ。

足の不自由なふりをして、何回かにわけ、二人に買い物を頼んだ。

コンビニの弁当や洗剤、家庭用品などに混ぜて、爆発物の材料も買わせておいたのである。

爆弾の材料の出所を警察が追っていけば、あの二人に行き着く。

ウィステリア・タウン以前の事件についても、尾館は同じ手を使っている。

爆弾を作ったあとの廃材《はいざい》や、設計図などはすでに完全に処分してある。警察の手が尾館まで及ぶことはない。

「約束の金の残金は、振りこんでくれましたか？」

《ああ、指定の口座に入れた》

尾館にとっては金で請け負った仕事のひとつにすぎないのだ。

《これでもうきみとの縁は切れた。今後は連絡してこないでくれ。今、使っている携帯も処分しろ。さようなら、ご苦労だった》

そう告げて電話が切れた。

今、尾館の手にある携帯電話。これは尾館が、依頼主とのみ通話するためのものだ。

今回は、起爆《きばく》装置に使ったもの三個、皓二と千絵に持たせたものと、尾館が二人それぞれに指示を出すためのものとして四個、そして、この携帯と、全部で八つの携帯電話を利用した。

どれもプリペイド式で、足がつかないように細工したものばかりだ。

千絵との連絡専用に使っていた携帯は、尾館が持っていた分も千絵に持たせていた分も取り上げて処分した。

そして、皓二との連絡専用に使っていた尾館の携帯を破壊したうえで、千絵を閉じこめた時《と》計塔《けいとう》に放りこんだ。

時計塔の爆発現場から、携帯が発見されたなら、それは千絵が皓二と、直接、連絡を取り合っていたように見えるよう細工したのだ。

が、計算外のことがひとつ起きた。

爆発で死ぬ予定だった皓二と千絵が生き残ってしまったことだ。二人は尾館の顔を覚えている。

だから、尾館は急ぎ国外に出ることにしたのだ。

もともと、今回のことが終わり、報酬《ほうしゅう》が手に入ったら、海外でしばらく遊ぶつもりだった。旅支度《たびじたく》は整っている、あとはスーツケースを持って空港へ行くだけだ。

と、手にしている最後の携帯を川か海に沈めて処分しようと、ポリ袋に突っこんだ瞬間、呼び出し音が鳴った。

「なんだ？」

この携帯にかけてくるのは依頼主しかいない。

それも、たった今、今後は連絡してくるなと向こうが言った矢先である。

「かけないんじゃなかったのか？」

通話に出た尾館の声にいらだちが混じる。

《尾館さんですね》

が、耳に届いたのは知らない男の声だった。二十代半ばぐらいの、どこか冷たさのある話し方をする。

「だれだ、てめえ!?」

（どこからか足がついたのか？）

爆弾事件に関して自分の所在がばれたのかと、あわてて「切」のボタンを押そうとした。

《切らないでください大切なお話があります》

「大切な話？　なんだ？」

訝《いぶか》る尾館は、電話を切ることができなかった。

《あなたにお届け物があるんですよ》

「届け物？」

《今回の爆弾事件。それに関するものです》

尾館の顔色が変わった。

電話の向こうの相手は、尾館が今回の事件に関与していることを知っている。

「爆弾事件？　なんのことだ？」

尾館は、しらばっくれたが、声が震えている。

《あなたが二人の高校生を使って仕組んだ、ウイステリア・タウンでの爆弾事件のことですよ》

「なんのことだ？　切るぞ！」

（まずい……。もしかして依頼主が裏切ったのか？　いや裏切れば、依頼主自身も危険にさらされる。ならばだれだ？）

混乱する尾館が、このまま通話を続けるのは得策《とくさく》ではないと切ろうとした時。
《あなたのデスクのひきだしの中》
男が言った。
「何？」
《あんたが今寄りかかっているデスクのひきだしだよ》
男の口調が、尾館を見下すかのようなぞんざいなものに変わる。
尾館は青ざめ、あたりを見まわした。
（どうして、デスクに寄りかかっていることがわかるんだ？）
窓は開いていない。ブラインドはおりている。
あわてて、尾館は玄関へと走り、ドアが閉まっていることを確認した。
《ドアの鍵《かぎ》は閉まってるだろ？　それより、踏んでるぞ》
突然言われて、なんのことかわからなかった。
《足元だよ。オーダーメイドだろ、それ？》
足元を見れば、投げ出したままのジャケットを踏んでいた。
ジャケットから足をあげた尾館が、怖気立《おぞけだ》つ。
「ど、どこから見ている!?」
あたりを見まわした。どこかに隠しカメラがあって盗撮《とうさつ》しているにちがいない。

シューズボックスの上においてあった新聞の束《たば》をなぎ払い、マットをめくり、壁を、床を天井を目でさがした。だが、それらしきものはみつけられない。

《そんなことよりデスクのひきだしだ。早くしないと処分が間に合わないぞ》

耳に押しつけたままの携帯から声が流れる。

(処分? 間に合わない? まさか、爆弾か!?)

尾館は、あわててデスクへと戻った。

《そこじゃない、一番下だ》

最上段のひきだしに手をかけた尾館を、声が諫《いさ》めた。

鳥肌がたった。

中に爆発物があった時のことを考えて、衝撃《しょうげき》を与えないよう、ゆっくりと慎重に開けた。

「なに!?」

そこには設計図があった。ウイステリア・タウンにしかけ、皓二たちに持たせた爆弾のものや、それ以前の事件に使ったものだ。

(処分したはず……)

シュレッダーにかけ、それを焼却炉《しょうきゃくろ》で灰さえも残らないほどに焼いたはずだった。

《それと、キッチンのシンクの下も》

意味ありげな笑い声を含んだ声に、携帯を耳にあてたまま、尾館はあわててキッチンに飛びこみ、シンクの下を開けた。

「げ」

ふたの開いたままのダンボール箱に、ニトログリセリンの原料となる濃硝酸《のうしょうさん》が少し残ったビン、リード線、工具などが無造作《むぞうさ》に放りこまれていた。

《会場にしかけられていた爆弾を作った後の廃材《はいざい》だよ。あんたが全部処分してしまったから、私がかわりに作った限りなくオリジナルに近い偽物《にせもの》だ。もちろん、私の指紋《しもん》はついてない。あんたの指紋はベタベタだがな》

「う、うそだ！」

ダンボールのふたを閉め、シンク下から取り出して、どこに隠せば、いや捨てればいいのかとうろたえた。

《あんたの指紋と同じ精巧《せいこう》なスタンプを作って、あんたのＤＮＡから合成した皮膚分泌物《ひふぶんぴつぶつ》をつけて、ベタベタとね。警察では、まちがいなくあんたの指紋と認めてくれるよ。

それと、この携帯電話の番号も、警察にリークしたからな。おそらくもう通話記録をとられてるぞ。いままであんたが通話してきた相手も特定されたころだ。ウイステリア・エステーツ社のライバル社の藤木開発グループだったよな。

ああ、そうだ、残念なことに、私とのこの通話の記録はどこにも残らないからな。私が表沙汰《おもてざた》になることはない。表沙汰《た》になるのは、あんたと、藤木開発グループだけさ》

「なに!?」

そこまで知られているとは……。

尾館は、携帯電話を投げ捨てるとスーツケースを手に取り、あわてて玄関へと向かった。

ここにいてはまずい。すぐに逃げるのだ。

それでも、携帯の向こうの男は、話し続けている。

《それと、さっきあんたひきだしの中に、爆弾があるんじゃないかと考えたろ? ひきだしじゃないんだ。ベランダの横なんだ》

男が、電話の向こうでかすかな含み笑いの声を漏《も》らした。

と、その時。

ドンと大きな破裂音《はれつおん》が、ベランダの横から聞こえた。

床が、いや、部屋全体が身震いするように震動した。

「うわっ」

強い風が、玄関へと向かっていた尾館の背後にたたきつけてくる。

「なんだ!?」

風がおさまった頃、そろそろと振り向けば、視野一面に、細かな白いコンクリートの破片が舞っていた。

ベランダの横にある壁と柱が崩《くず》れ、中の鉄骨がのぞいている。

小規模な爆発があったらしい。

《そこは藤木開発が建てたマンションだろ？　粗悪な建材を使っているんだってな。いまの爆発は、私の方で作った爆弾によるものだが、警察は、おまえが作ったものが暴発してしまったと判断することになるんだ。そして、調査が入って、藤木開発グループの作ったマンションがいかに粗悪なものか、世間に知られるところになる、というわけさ。他のマンションも手抜き工事だってことがバレるだろうな。

あんたたちがウイステリア・エステーツ社を陥《おとしい》れようとしたのと同じ手を使ってみたんだが、どうだ、おもしろいだろ？

それじゃ》

携帯電話が切れた。

尾館が、あわてて、ドアを開けて外に出たとたん。

「尾館優《ゆう》だね」

目つきの鋭い男が、そこに立っていた。

後ろには数人の男が立っている。反射的に部屋に戻ろうとした尾館だが、目つきの鋭い男に腕をつかまれた。

「ちょっと聞きたいことがあるんだが。それと、これは家宅捜索令状《かたくそうさくれいじょう》だ。入らせてもらうよ。

それにさっきの爆発音はなんだね？」

三人の男たちが、ドアを開け尾館の部屋へと入っていった。

爆弾を作った廃材《はいざい》、とおぼしきものが置かれている尾館の部屋へ。

爆発の跡の残る部屋へと。

尾館は、目つきの鋭い男、刑事に腕をつかまれたままがっくりとうなだれた。

◇

神野《じんの》が尾館の部屋の窓から抜け出て非常階段をおりきったところで、警察車両三台が、マンションの前に到着した。

神野は、黎《れい》の命令で、偽造した爆発物の廃材《はいざい》と設計図、それと壁の一部がほどほどに壊れる程度の爆弾を、尾館の部屋へ侵入して置いてきたのだ。

尾館が帰ってくる直前に侵入し、デスクのひきだしやシンクの下にそれらを置き、そのまま部屋に隠れ、尾館が藤木開発グループの人間と携帯電話で通話するようすを、クローゼットの中に隠れながら黎へとモニターするのは骨が折れた。

ベランダのカーテンの陰に隠した爆弾は、神野が部屋を出る際にしかけたものだ。

パトカーの中から、十人近い男たちが降りて、爆弾犯人の逃げ道を封じるために、メインエントランスと非常階段にそれぞれ一人が残り、他の男たちは、階段とエレベーターでそれぞれに、尾館の部屋のある十四階へと向かう。

尾館は、この男たちに、神野がついさっき部屋に運びこんだ「証拠」とともに捕らえられるだろう。

もちろん、尾館がここにいると警察に情報を漏《も》らしたのは黎である。

と、背後で爆発音が聞こえた。

この爆発によって、このマンションの手抜き工事の実態が明らかになり、建設会社である藤木開発グループに、調査の手が及ぶのはまちがいない。

藤木開発グループが使ったのと同じ手で、逆に相手を罠《わな》にはめたのだ。

「おまえ、無実の人間、陥《おとしい》れたことあるだろ？」

マンションを背に、歩きはじめた神野が通信機に問う。

黎が小さく笑った。

《陥れられたいのか？》

神野は肩をすくめる。

「いやだね。だがな、綺堂《きどう》」

神野は笑いながら、しかし、低い声で言った。

「逆に、おまえが陥れられることがあるかもしれない」

《気をつけるさ》

「そうしろ」

尾館の部屋がある階に、警官たちが到着したのだろう、部屋へと向かう足音が聞こえる。

《……おまえが私のもとにいるのは、本当なのかをたしかめたいからだろ？》

しばらくの沈黙の後、唐突に黎が言った。

「何を？」

《暮崎《くれさき》に教えられたんだろう？　それの真偽《しんぎ》を疑ってるんだろう？》

そのことばに神野は息を呑《の》む。

図星《ずぼし》を指された驚きよりも、暮崎と神野以外知り得ないはずのことを、この男が知っていることに。

立ち止まった神野の後方、マンションの部屋から尾館が連行されてくる足音が聞こえる。

何があったのかと訝《いぶか》るマンション住人たちのざわめきが聞こえる。

《事実だよ》

嘲笑《ちょうしょう》を含んだ声で黎が告げた。

「何を知っている？　どこまで知っている？」

《おそらく、すべてを》

マンションの前に止まっていたパトカーに、尾館が乗りこませられる。手に部屋にあったジャケットがかけられている。その下で手錠《てじょう》につながれている両手を隠すために。

《すべてを捨てる価値のあることとか？　すべてを賭《か》ける価値のあることとか？　いや、失礼。きみにはすでに選択権がないんだったな》
(知っている……)
神野は全身が粟立《あわだ》つの感じた。
「それを知って、きさまは、何をするつもりだ？」
《何も。きみたちを自由に泳がせることが、私にとって一番、有益なことだ。いや、逆に、きみたちを倒すことが……かもしれないが。その局面で、ベストの方法をとらせてもらう。それが、きみたちに与《くみ》することになるのか、敵対することになるのかはわからないが》
「きみたち、というのはだれをさしている？」
《きみが考えている、そのままだよ》
「おまえ、何者だ？」
思わず出た一言に、黎が笑った。
《それぐらい調べろ》
通信機が黎の側から一方的に切られた。
立ち止まったまま動けない神野の背後で、爆弾事件の犯人を連行する警察車両が、サイレンをならして走りだした。

◇

「おまえにとって、あれがおもしろいことなのか!?」

祐二《ゆうじ》は、いくら呼んでも総帥《そうすい》室に出向いてこない不遜《ふそん》な秘書に業《ごう》を煮やし、秘書の執務室に入るなり、デスクの前に足を組んで天を仰《あお》ぎ目を閉じたままの黎に質問を浴びせかけた。

「ええ、そうです。おもしろかったでしょう?」

主である祐二に目を向けさえせず、そのままの格好で黎が答える。

「なにがだ!」

怒りを腹の底に収めて、祐二はつとめて冷静な声を返そうとした。が、どうしても抑えきれずに、語尾が荒くなる。

「ここのところ藤木市で続いていた建設中ビルの倒壊事故は、おもにウイステリア・エステーツ社が手がけているものばかりでした。ところで、総帥《そうすい》」

黎は、祐二を見ないままに問いかける。

「ウイステリア・エステーツ社が水城《みずき》財閥《ざいばつ》傘下《さんか》企業の建材を大量に仕入れてくださっているお得意さまであることはご存じですね」

「それがどうした!?」

「怒らずに聞いてください。説明しますから、そのへんにてきとうに腰かけて」

とはいえ、黎の執務室に応接セットはない。

黎はどうやら、床にでも座れと言っているらしい。

祐二は必死に怒りをこらえた。怒ればこの秘書の思うつぼにはまるような気がするからだ。

書類の散乱する執務室のすみに放り投げられて倒れている丸いすを起こし、数千の傘下企業を抱える大財閥の若き総帥はそこに腰をおろした。背もたれさえないいすに。

「実に不愉快な出来事でしょう？　ウイステリア・エステーツ社が手抜き工事のために使った水城財閥傘下企業の建材が粗悪品などと。そのような根も葉もないデマは払拭《ふっしょく》しなければなりません。

続くビルの倒壊《とうかい》事故。ウイステリア・エステーツ社を誹謗《ひぼう》中傷する老婆《ろうば》の存在。そして些細《ささい》なことですが、一月《ひとつき》前、清陵《せいりょう》学園の化学準備室から濃硝酸《のうしょうさん》と濃硫酸《のうりゅうさん》が盗まれたこと。その他諸々《もろもろ》の雑多な情報が私の元に集まっていました。

それが、ウイステリア・エステーツ社をおとしめて、代わりに自社の住宅を売りこもうとするライバル社の仕業《しわざ》であると考えた時、すべてが一本の線でつながりました。

あとは、ウイステリア社のライバル社である藤木開発グループが何をしようとしているのか藤木開発グループの立場になって考えれば、パズルのピースが組み合わさり、おのずと解答――今回のウイステリア・タウン爆弾事件という大きな絵が、浮きあがるというわけです」

「そこまで推理していたなら、この事件自体阻止することが可能だったのではないのか？」

若干十八歳の身でありながら、会う者に、たしかに大財閥の総帥であると感じさせる鋭い声で、祐二は問う。

祐二は、このことが許せないのだ。

防げたのなら、なぜ防がなかったのか。

そうすれば、多くの人々が危険にさらされることはなかった。

が、黎はあっさりとかわした。

「買いかぶらないでください」

目を開いた黎が、天井を見たままで、肩をすくめてみせる。

「事件が起こる前に防ぐことができたのに、わざと起こさせたのは認めるか?」

「事件が起こる前に未然に防いでしまっては、連中が懲《こ》りずにくりかえす可能性が大きいですよ」

しゃあしゃあと秘書は答えた。

「私が直接、脅迫《きょうはく》、いえ、諭《さと》してやるのも手間だと思いましたんでね。下手《へた》をするとこっちが逆恨《さかうら》みされるし。警察や、市民に、藤木開発グループの実態を知らせて、理解してもらうのが一番いい方法だと思ったのですよ」

「そのために、ウイステリア・タウンにいた人々や、爆弾を運ばされていた高校生たちを危険な目にあわせたんだな」

「だから」

　黎が祐二を見た。笑いながら。

「危険がないように、私設特殊救助隊隊員を配したんです」

　祐二が絶句した。

　皓二《こうじ》や千絵《ちえ》が爆弾を運ばされることを知りながら、未然に防ぐための手だては打たず、むしろ囮《おとり》にしておいて、恭平や神野、美紀に守らせたというのである。

「一歩まちがえば、死人が出ていた」

　祐二の声が震える。

「結果として出ていない。そして、さらに、おもしろいことにできました。藤木開発グループは、今後、手抜き工事の責任を問われることになり、信頼も落ちます。逆に、水城財閥《ざいばつ》の得意先であるウイステリア・エステーツ社の株はあがるでしょう」

　祐二は黎が確信犯であることを思い知らされた。

　何を言ったところで、反省などしないだろう、この秘書は。

「総帥《そうすい》」

　ニヤニヤ笑う黎が、祐二を見ている。笑う口元とはまったくちがう鋭い眼差しで。

「間接的であれ水城財閥をおとしめようとするような相手は、こうやってつぶすのです。そして、機会があらばこちらの利益とするのですよ」

祐二には、黎が本気で言っているのかどうか判断がつかなかった。

たしかに、今回の事件を未然に阻止できたとしても、藤木開発グループはまた同じような事件を企《くわだ》てたかもしれない。粗悪な建築を続けたに違いない。

今回のことで、藤木開発グループは警察の摘発と、手抜き工事に関しては関係機関の調査を受けることになるだろう。

とすれば、あるいは、黎は、今後起こりうる犯罪や、粗悪建築による事故などを未然に防いだと言えなくもないのかもしれない。

（そこまでを読んでのことなのか？）

そんなことを考えて、祐二は、ますますこの綺堂黎という男の本性がわからなくなったのだった。

17　本当にすごいこと

「刑事さん、あんたらこれで表彰とかされたりするんだろ？」

皓二《こうじ》は、もしかして、自分も表彰されるのかもしれない、と遠まわしにきいてみた。

ここは、警察が爆弾脅迫《きょうはく》事件の本部を置いている南タウンゲートわきの、臨時管理事務所の中だ。

皓二が、千絵《ちえ》をたすけてくれと警察にすべてを話した直後、時計塔《とけいとう》で爆発があったと通報があり、駆けつけた私服の刑事が、そこで無事千絵を保護した。

その知らせを受けて、皓二は安堵《あんど》した。

そして、自らの危険もかえりみず、爆弾を装甲車《そうこうしゃ》へと持って走った恰幅《かっぷく》の良い警部にたずねたのだ。

「いや、そんなことはないよ」

警部は笑いながら、答えた。

「私たちはこれが仕事だ。あたりまえのことなんだよ」

「あたりまえ？」

　皓二の胸が、ずきっと痛む。

「だって、こんなこと滅多《めった》にないだろ？　爆発を未然に防ぐなんて」

「何も起こらないようにするのが、本来の仕事なんだよ。不幸にして起きてしまった事件は、起こしてしまった責任をとるために全力で解決につとめるが、起こしてしまったということに、我々は責任を感じる。少なくとも私はそう考えているよ」

「……ニュースに名前とか出るのか？」

「出ないよ。きみは未成年だろう？　それに被害者だし」

「いや、俺のことじゃなくて、そのあんた……警部さんの」

「俺の？」

　恰幅《かっぷく》の良い警部がたまらず吹き出した。

「俺の顔や名前なんて出ないよ、出ない出ない」

　肉厚の大きな手を顔の前で振ってみせる。

「顔や名前が知れたら、仕事が、捜査とかやりにくくなる。そんなことされちゃ困るんだよ」

　そうなのか……と、皓二は思った。

◇

≪ウイステリア・タウンに爆弾をしかけたと脅迫《きょうはく》をしていた藤木《ふじき》開発グループの社長、麻納木《あさのぎ》修一《しゅういち》が、逮捕《たいほ》されました。

麻納木は、元過激派である尾館優《おだてゆう》と共謀《きょうぼう》して、爆弾を作製し、ウイステリア・エステーツ社を恐喝《きょうかつ》したもので……≫

翌日、皓二と千絵は、学校からの下校途中に通りかかった電気店の前で、テレビニュースを見た。

ニュースでは、皓二や千絵のことはもちろん、あれだけ必死に捜査し、爆発を防いだ警察の人たちのことは何も触れなかった。

皓二と千絵は、警察にいろいろと聴取されたが、尾館に利用された被害者として、まったくなんの咎《とが》めも受けることはなかった。

「すごいことだよね」

テレビニュースを見た千絵が、興奮しているのか、顔を紅潮《こうちょう》させている。

千絵は、あの事件の直後、時計塔でたすけてくれたのは皓二ではないかと考え、本人に直接問いかけたのだ。

が、皓二は、その時間、警察に保護されていて、千絵をたすけられる状態になかったことがわかった。

そして、ふしぎなことに、警察の中にも、千絵を爆発から救ったと申し出た人物はいないと、対策本部の指揮《しき》を執《と》っていた恰幅《かっぷく》の良い警部に告げられたのだ。

(たすけてくれた人が、だれなのかわからない……)

だが、たしかにあの時、だれかが千絵と、時計塔《とけいとう》の下にいた多くの人々の命を救ったのだ。

だから、千絵は顔を紅潮《こうちょう》させて続ける。

「守られてるんだよね。私たち。だから何もない平凡《へいぼん》な毎日が続いてるんだと思う。何も起こらないってすごいことだよね。あたりまえの毎日ってすごいよね。何も起こらないようにしている人たちって、本当に、本当に、すごい人たちだよね。

鳴瀬《なるせ》くんは、そんなんじゃ認めてもらえないって言うかもしれないけど、やっぱり、すごい、すごいことだと私、思うの」

じーっ、と見ている皓二に気づいて、熱っぽく語っていた千絵の声が消え入る。

恥ずかしげにうつむく。

「やっぱ、おまえ、ヘンなヤツだ」

「……やっぱり私ってヘンかな?」

不安そうに千絵が上目づかいで皓二を見る。

「……すっげーヘンだよ」

にべもなく答えて、皓二は千絵から視線を逸《そ》らしてつぶやいた。

「俺にも、ちょっとはわかるかもしれないけど……な」

とたんに、泣き出しそうだった千絵の顔が、ぱっと輝いた。

「そうだよね。やっぱりすごいことだよね」

千絵が、目をうるうるさせながら、うんうんとうなずいている。

「おまえ、勝手に思いこむなよ。俺は『ちょっと』って言ったんだからな」

「うん、それでもうれしい。鳴瀬くんに言ってもらえると、なんだかすごくうれしいの」

「わ、泣くな、泣くなよ！」

感激のあまりか、千絵の目に涙が盛りあがってくる。

「うん、ぐすん、泣かない、泣かないつもりだけど……」

ボロボロとこぼれはじめた。

「なんか感動しちゃって……うぐっ、えぐっ」

「泣くな、な、いちいち泣くな、な」

夕方の駅前通りを通りすぎる人々の視線にさらされつつ、皓二は必死に千絵をなだめなきゃならないのだった。

◇

事件の翌日、恭平《きょうへい》は水城《みずき》財閥《ざいばつ》本部ビルにある黎《れい》の執務室を訪れた。

どうしても聞きたいことがあったからだ。

なぜ、黎は、すべてを知りながら——おそらく、黎は時計塔《とけいとう》に爆弾がしかけられることも予測していたと恭平は考えている——あえて恭平に推理させ、行動させたのかがわからなかった。

しかし、恭平が問いかけても、黎は答えない。

何も言わずにただ笑っている。

そこで、恭平は質問を変えた。

「おれがスカウトされたのは、祐二《ゆうじ》くんを救うためだったんですよね」

祐二が兄を失った悲しみから編制した私設特殊救助隊。その活動は、救えなかった兄のかわりに他人を救うという、祐二の自己満足のための代償《だいしょう》行為の一面を持って開始されたことは否定できない。

しかし、私設特殊救助隊はたしかに多くの人々を救い、それと同時に恭平たち隊員を危険にさらした。

祐二はそのことに気づき、悩んだのだ。自分のエゴが恭平たちを危険にあわせていると。しかし、一方で、技術と設備、資材と人材を持ちながら、何もしないのは犯罪に等しいとも。その狭間で祐二は揺れ、苦しんだ。

（祐二くんには、だれかを救い、かつ必ず生きて帰ってくる人間が必要なんだ）

恭平は、そう思っている。だから、恭平は水城財閥私設特殊救助隊にいる。

「なかなか鋭いな。暮崎《くれさき》はそのつもりだったようだ」

書類と端末の散乱する執務室で、書類に目を落として黎が答える。

「きみは生への執着が強い。不可思議なほどに生還への道を嗅《か》ぎつける能力が高いとでもいうべきか。

カンはでたらめではない。たくわえてきた知識や経験をふまえて、無意識のうちに推理しているんだ。良く知った友達が、次にどんな行動をするのか、何をいうのか予想がついたことはないか？　そういったものがきみに関しては救助で働くということだ。

それに、都合がいいんだ、きみは。だれかや何かを救うことで自分が救われる奇特な種類の人間のようだからな」

「でも、暮崎さんとちがって、あなたにそのつもりはない」

「その通りだ」

「あなたは、おれに、何をさせようとしているんですか？　おれは、だれを、何を救えばいいんですか？」

恭平はそう感じているのだ。黎は、恭平に、だれかを何かからたすけ出させようとしていると。

そのために、黎は、恭平を鍛えようとしている気がする。体力や救助に関する専門知識のみならず、推理力さえつけさせて。

「さあ？」

恭平を見ずに、書類に視線を落としたまま黎が素《そ》っ気《け》なく答える。

「あなたを救えばいいんですか？」

淡々とした恭平の問いに、黎の顔から表情が抜け落ちた。

虚飾《きょしょく》の仮面がはがれ、素の己《おのれ》をさらしてしまった。そんな顔だったように恭平には感じられた。

「おもしろいことを言うな」

黎に、人をバカにしたような、いつもの笑みが戻る。

「何をしようとしているんですか？」

「……そのうちにわかる。いやなら、隊員をやめろ。強制はしない」

「おれは、黎さん、あなたもだれかを救うことで自分が救われる人間だと思ってます。おれが必ず生きて帰ってくるのなら、あなたも安心しておれを送り出せるでしょうから。おれはやめません」

言いおいて恭平は、黎の表情が変化するのを見ないままに、きびすを返して退室した。

◇

「残念だったわねえ。でもしかたないわよねえ。恭平くん、当分うちに同居ね」

抽選会を終えて帰ってきた七瀬《ななせ》家の居間で、恭平たちにお茶を配りながら紗湖《さこ》の母がニコニコしていた。

紗湖の父が、かたわらでがっくりと肩を落としている。

ウイステリア・タウンのマンション、新婚向けの部屋の抽選は、見事にハズレ。

恭平は、ほっとしたような、かえって緊張するような妙な心持ちで居間に正座している。

紗湖の母はニコニコ。紗湖の父はブスッとして、紗湖は恥ずかしそうにうつむいている。

「恭平くん、どこかに入居が決まるまで、心おきなく、うちにいてちょうだいね」

「いや、次のマンション分譲《ぶんじょう》にも、申しこんだ方がいい」

紗湖の母のことばを強く否定して、ウイステリア・エステーツ社の次の分譲マンション申込書を取り出したのは紗湖の父だ。

「それもそうね」

あっさりと紗湖の母が賛同する。

「あ、もちろん恭平くん、いつまでだってうちにいてくれてもいいのよ。でも、将来のことも考えると、おうちやマンションを手に入れておいた方がいいとも思うし、どちらでもいいのよ。あ、それと、また申込書は私が出しておいてあげるから」

「い、いえ」

ぎくりとした恭平が、あわてて手を振って断る。

紗湖の母は、また新婚用の部屋に申しこむにちがいない。

「お、おれが自分で出しますから。そ、それじゃ、おやすみなさい」

次回の分譲《ぶんじょう》マンション申込書をつかむと、恭平は二階の自室へと階段を駆けあがった。

◇

しばらくして、紗湖が恭平の部屋に顔を出した。

「あのね、恭平。桜沢《さくらざわ》さんね、だれかがたすけてくれたって言ってるんだって。だけど、警察の中にはたすけたっていう人がいなくて、だれなのかわからないんだって」

恭平の部屋のベッドに並んで腰かけながら、紗湖が意味ありげな上目づかいで恭平を見た。

「ふ、ふーん」

「いいな、あたしもだれかがたすけてくれるのかな？」

恭平は何も答えられない。

その恭平のとなりで、紗湖はパタパタと足を振っている。

「ねえ、恭平。もしあたしが危険な目にあってたら、たすけにきてくれる？　たすける？」

紗湖の目がじっと恭平をみつめる。

（たすけるに決まってる）とは、照れくさくて言えない。

「い、いや、あの、その、その時になってみないとわからないかな……なんて」

「たすけてくれないの？」

「いや、たすけるとかたすけないの前に、そんな危険なこと、ないだろうし……」

「ふーん。あたしは、恭平が危険にあってたらたすけるけどな」

（もしかして、七瀬、記憶……）

失っていなくて、恭平が水城財閥《ざいばつ》私設特殊救助隊隊員であることを覚えていて、その上で協力してくれると言っているのだろうか？

ウイステリア・タウンでも、協力してくれたように思える。

そして、もし、記憶を失っていないのだとしたら……。

「七瀬」

「ん？」

「あの時、おれが言ったこと、ホントに忘れてる？」

「何？　何か言ったの？　もう一度言ってみて。思いだすかもしれないから」

紗湖のキラキラする目が恭平の顔のすぐそばにあった。

「い、いや、覚えていないならいいんだ」

「ふーん、その程度のことなの」

紗湖の声には、心なしか毒があるような気がする。

「でも、いいよ」

紗湖がベッドから、ぴょんと立ちあがる。

「いつか、また言ってね。そしたら、きっと思いだすから」

そういって、紗湖が出ていった部屋で、一人、恭平は大きなため息をついた。

恭平の前途《ぜんと》はどうやら多難のようである。

あとがき

さて、ここでクイズです。

タイトルの『D/d　レスキュー』。この「D」と「d」には、それぞれ意味があるのですが、どんな意味でしょう？


とうわけで、発売となりました『D/d　レスキュー』。

「あれ？　一条、おまえ、前にも、『××××××・レスキュー』とかいう話、書いてなかったか？」とおっしゃるアナタ！　そうなんです！　そうなんですよ!!

ようやくこのお話をお届けすることができました。メンバーは全員そろっておりやす。

というわけで、この作品、ぜひぜひよろしくお願いします。

「ハァ？　なんか書いてたの？」と思われたアナタ。

この作品ともども、そちらもよろしゅうお願いするですよ。くわしくは、カバーの折り返し

(うしろの著者紹介んトコ)、見てくだされ。

　さて、突然ですが、ここで、ある日の編集さんと一条の会話。

編集さん「『D/d　レスキュー』は、どんなイメージのイラストがよいですか？」

　これに一条は即答しましたんですよ。

一条「わかんない」

編集さん「…………」

　ふざけとるわけでも、イチワルを言っとるわけでも、ナマケとるわけでもないのですよ。こう、絵を見た瞬間、「これじゃ！」と感じるものがあると思うのですよ。「これじゃ！」と。

　なので、何かを感じるまで、それがどんなものであるのか、作者である私にも良くわからんのです。

…、編集さんは、当然、おっしゃいました。

・『これじゃ！』という方、探してくださいね。私も探しますから」

「……ハイ……」

というわけで、探し探して幾星霜《いくせいそう》。（↑オオゲサ）

ある日のこと、ある作品を見た瞬間、来た、来た、来ました！「これじゃ！」という感覚が！

と、ほぼ同時に、ぴろりーん、とメール着信の音が鳴ったのでありやす。

メールは編集さんから。

「目黒三吉様はいかがでしょう？」

うおおおおっ！　スゴイ！

私が「これじゃ！」と思った作品は、まさに目黒三吉様の手によるものだったのであります。

目黒三吉様、お忙しい中、お引き受けいただき、ありがとうございます。

さて、ここでお知らせです。

冒頭のクイズの答えが解った方は、集英社スーパーダッシュ文庫編集部気付　一条理希宛《あて》にお手紙で、もしくは左記のアドレスまでメールにてお知らせください。

正解の中から一名様に、「豪華な」「粗品」を進呈いたします。イヤと言っても送ります。粗品が何かは送られてからのお楽しみ、ちゅーことで。

その他、作品の感想、ご要望なども、どしどしお寄せくだされ。

ホームページも開設してますんで、そちらにも遊びに来てくだされ。

お待ちしとります。

一条理希拝

ホームページ　http://member.nifty.ne.jp/r_ichijo/index.htm
一条理希宛メールアドレス　JCD03440@nifty.ne.jp

この作品の感想をお寄せください。

あて先　〒101—8050
東京都千代田区一ツ橋２—５—10
集英社　スーパーダッシュ編集部気付

一条理希先生

目黒三吉先生

D/d レスキュー

一条理希

集英社スーパーダッシュ文庫

2001年11月30日　第１刷発行

★定価はカバーに表示してあります

発行者

谷山尚義

発行所

株式会社　集英社

〒101－8050　東京都千代田区一ツ橋２－５－10

03(3239)5263(編集)

03(3230)6393(販売)・03(3230)6080(制作)

印刷所

大日本印刷株式会社

ISBN4－08－630059－1　C0193

Printed in Japan

好評発売中 スーパーダッシュ

〝人以上の生命〟を創れば、人は神を超えられるか――。

ゴールデンドーン

爲我井 徹 ランニングフリー

イラスト／中村龍徳

人造生命体を創る「錬金術師《れんきんじゅつし》」
である少年・西脇《にしわき》昶《あきら》。錬金術師
の秘密組織から指令を受け、ある
進学校で蠢く巨大な陰謀を探る…。
人が神の領域を侵す陰謀とは!?
生命の神秘に挑む、驚愕の
サイキック・ホラー・アクション!